魔女沬沬的另類修行

魔待開學禮

2

蘇飛 著
Tamaki 繪

新雅文化事業有限公司
www.sunya.com.hk

目錄

角色介紹

羅賓

魔女沫沫的修行助使，牠是一隻十分囉嗦的知更鳥。

沫沫

小魔女，十歲。外表與人類相似，但長得十分矮小。她臉色雖有些蒼白，神情也很冷酷，卻宛如洋娃娃般精緻美麗。有時沫沫為了幫助人類，會違規使用魔法。

齊子研

小魔女，十一歲。聰明而有
點高傲，個性外向而衝動，
沒有耐性，脾氣來得快也去
得快。

喬仕哲

小魔子，十一歲。子研的表
哥，是守規矩的乖乖紳士，
不喜歡觸犯規則是因為不想
讓自己陷入危險或不好的事
情當中。

房米勒

小魔子，十一歲。魔法力不
高，常被同輩欺負，但為人
熱情憨厚，總是熱心助人。

嚴農

沫沫的養父，是魔侍中的貴
族。由於擅長煉藥，被人稱
為魔法藥聖。

速度力

能使速度加快。

咒語：
德起稀達，速！

驅散力

撥開一切遮蔽物。

咒語：
形夾離稀，散開！

飛行力

可以騰空飛行。

咒語：
提希而，騰空！

對換力

可將兩個物體對換過來。

咒語：
安塔雷及，換！

質變力

能改變物體的質地。

咒語：
比歐提該亞拉奇！

隱身力

讓自己隱去身影。

咒語：
拉浮雷雅，隱身！

發臭力

令物件發出臭味。

咒語：
滴鎖死莫屍！

除臭力

除去物件的臭味。

咒語：
阿破屍迷滴叩，除臭！

魔侍手冊

每個魔侍都有一本魔侍手冊，翻開第一頁即寫明魔侍必須遵守的守則。

魔侍們還可以透過魔侍手冊查找所需資料，比如找出需要幫助的人類資料、煉藥小屋可以安置的地方等等。

綠水石

一塊晶瑩剔透、大小有如一顆雞蛋的暗綠色石頭，屬於稀有魔法物品。

通過它，魔侍能看到某個人類的行動與狀況。它還具有預示危險事件的魔力及視像通話功能。

魔法緞帶

一種特殊魔法道具，必須通過提煉而成。有各種不同功能的魔法緞帶，比如變形緞帶、搬運緞帶、移行緞帶等等，每種緞帶具有不同顏色。

魔法手印

兩掌掌心朝上，拇指捏住中指，往中心移動使兩手食指相連。動作是輔助專注意念，高階魔侍無需動作也可施行魔法力，但低階魔侍通常需要動作輔助，讓意念專注才能有效發揮魔法力。

這些都只是一小部分的魔侍知識。若想提升魔法力，你就要多留意書中提到的各種知識了！

❖─魔侍守則第一條─❖
不能用魔法有意傷害人類。

❖─魔侍守則第二條─❖
與人類保持距離，
不能與他們成為朋友。

❖─魔侍守則第三條─❖
守護人間正義及秩序，
有能力者必須幫助地球上
需要幫助的人。

引子

　　在很深很深的叢林裏頭，住着一羣不為人知的特別物種——魔侍。

　　魔侍的外觀與人類相似，他們與人類最大的分別，就是擁有某些特殊的神秘力量——魔法力。

　　魔侍與世無爭，熱衷於修行，並分為三個族羣——費族、仁族和松族。

　　他們與人類一樣有男女之分，男的被稱為魔子，女的則喚作魔女。

　　魔侍與人類原本河水不犯井水，互不相干。直到某一天，一位人類踏入他們位於叢林深處的家園……

從此，人類便與他們扯上了關係。

叢林周邊的小城鎮開始有一些關於他們的流言蜚語，甚至有人傳唱：

潘朵拉的盒子開啟了
在東方最隱秘的森林
魔女狂妄起舞
酷暑夏至來臨
眾星繞月之時
傲慢人類承受浩劫

魔侍不喜歡人類對他們的誤解，因此他們之中有些人走出叢林，來到人類的世界。

如果你遇見了他們，是幸運，還是不幸呢？

第一章
阿秋的恐懼

　　早晨的陽光很暖和，阿秋卻睜不開眼。她低下頭，前額不整齊的劉海掩蓋了部分眼睛，看起來**無精打采**。

　　阿秋走在他們家公寓前面的路上，腳步有點沉。一陣風吹來，阿秋的眼睛被長長的劉海扎到，她若無其事地用手撥掉凌亂的髮絲，這時有一道聲音從她身後響起。

　　「阿秋，阿秋！」

　　一名女子急急忙忙地從公寓樓下跑過來。

　　「你怎麼忘了帶書包？」

　　「沒帶書包唸什麼書啊！」

　　女子是個樣貌**憨厚老實**的中年人，她頂着一頭凌亂而鬈曲的短髮，膚色黝黑，衣着寬鬆而隨意，腰間圍着條年代久遠的泛黃圍裙。

「哦，我忘了。」阿秋伸手接過書包，背在背上時感覺很沉的樣子。

「書包也能忘記？我看啊，你就是不想唸書，成績單每次滿江紅，媽咪都不好意思去學校見你老師了。」

「我就是不會唸書，我笨嘛！」阿秋**抓抓腦袋**，顯得很不好意思。

「唉，不會唸就不會唸，你爸爸媽媽也不會唸書啊！但還是要唸完中學，否則會被人看不起！」

「知道啦！我去上學了，媽咪你不是要趕去菜市場嗎？」

「哎，是哦！今天有人訂了整整五公斤的蝦乾，還得去補貨。呵，忙死了！哎呀，對了，林老闆要我送的貨還沒送去……」

阿秋的母親急急走回公寓，口中**嘀咕不停**。阿秋看着母親的背影從樓梯口消失，才悻悻然邁開腳步，走向她最不想面對的地方——學校。

阿秋的確如她母親所說，不想去學校，但原因

可不只是因為**滿江紅的成績**⋯⋯

阿秋挑了一條幾乎沒有人知道的捷徑。

這條路必須攀下一道陡峭的小斜坡，穿過幾家餐廳，走過長滿芒草的河道小路，經過一個鐵鏽大橋（其實只是一條歷經日曬雨淋的鐵鏽大水管），再爬上光禿的石頭坡道。

石頭坡道的上方，就是學校後門。阿秋最近時常走這條平常幾乎無人行走的近路，然後趁着上課鐘聲響起之際，**一溜煙跑進校門**。

阿秋熟練地爬上走下，宛如靈巧的貓兒，來到河道邊，她張開雙臂，走過河道上方的「鐵鏽大橋」，往下一躍！跳到泥濘的坡道，就在這時，突然有個人影晃過她面前，阿秋一時慌亂，跌坐在坡道旁的草堆裏。

「你怎麼突然衝出來啊？」阿秋拍拍手掌和腿部的泥沙，看到眼前的人是位陌生的女孩，嘀咕道。

「對不起，我在趕路。」女孩禮貌地道歉。

「算了，我也有不對。」阿秋沒有責怪女孩的

意思，繼續爬上石坡。

「喂！為什麼有大路不走，走這裏啊？」女孩在阿秋身後問道。

阿秋愣了一下，停止了攀爬的動作，剛剛想着要怎麼回答，熟悉的鐘聲卻響了起來。

「哎呀！上課了！」

阿秋**七手八腳**地爬上石坡。

女孩跟在阿秋後方，身手矯捷地跟上去。

女孩站在石坡上，看着阿秋狼狽衝進校門的一幕，露出若有所思的表情。

「你又想**多管閒事**了，對嗎？」女孩身邊的一隻灰色小鳥說。

女孩冷酷的眼神變得犀利起來，道：「有好好的路不走，偏要走這樣難走的路，難道你不好奇嗎，羅賓？」

「唉，你沒聽過嗎？好奇害死貓。我勸你還是不要多管閒事，萬一你不能準時去學校報到，農叔責怪的可是我啊！」

「我又不是貓，我是魔女，別擔心。」

說這話的，正是要趕去尼克斯魔法修行學校報到的魔女沫沫。

沫沫取出屬於她的魔侍專用手冊，打開來，手冊上立即顯現關於阿秋的資料。

「林雨秋，十一歲，就讀平民小學。父母在菜市場經營乾貨買賣，為人熱心而和善……」

「不行！得快點去報到了，沫沫！」

「讓我看一看資料，很快就好。」

沫沫還在埋頭苦「讀」關於阿秋的資料，羅賓**急得如熱鍋上的螞蟻**，上下快速地拍動翅膀，說：「今天可是難得的大日子，農叔千叮萬囑交代，一定要讓你準時到尼克斯魔法修行學校報到的啊！今天絕對不能再想着幫助任何人類了！」

羅賓飛到沫沫前方，擋住了她的視線，沫沫無可奈何地暫停閱讀資料，說：「羅賓，幫助人類不是我的重要職責嗎？眼前正好有個非常需要我幫助的人類，我怎麼能對她**置之不理**呢？」

「沫沫啊！我不是不讓你幫她，問題是前兩天你為了幫桑林鎮的火爆小子凱文*，把搬運緞帶及移行緞帶都用光了啊！就因為這樣，我們現在才需要狼狽地趕路，沒辦法直接從濕地家園抵達魔法學校，眼看就要遲到了，你卻還想着幫人類……」

沫沫皺起了眉頭，羅賓每次一訓話就**沒完沒了**地說個不停。

「唉，沫沫！幫人是好事，但也要先做好自己的分內事，好好學習魔法才行啊！你現在難得可以進入魔法學校學習，當然要把學習放在第一位，幫人的事等你——」

「等不及了啊！那個女孩看起來很需要我的幫忙，沒有魔法緞帶，我可以使用速度力衝去學校啊！」

「不，不！你不知道嚴重性，我是沫沫你的修行助使，要不顧一切保證你能好好地修習魔法，所

---

*想知道魔女沫沫如何幫助火爆小子凱文，請看《魔女沫沫的為類修行1：魔女不可怕》。

謂『不怕一萬，只怕萬一』，萬一沫沫你被學校開除了怎麼辦？而且你還沒有達到幫助人類的階級，也沒有申請到助人執照*，我可沒有辦法向農叔交代啊！不，不，絕對不能讓這樣的事發生，沫沫你可是生來就注定要好好修習魔法的魔女——」

「啊？不是每個魔女都是生來就得修習魔法嗎？」

「你跟其他魔女不一樣，你生來具有——」羅賓突然捂住嘴巴，眼珠子眨個不停，然後趕緊說：「我是說，你生來就對魔法學習有特別的領悟力，當然更要好好學習更多的魔法，發揮魔法的力量，以後就可以幫助更多人類了！」

沫沫覺得羅賓的話**不無道理**，現在的她魔法力還只是初級階段，力量不夠強大，能幫的人類也不多。

「再說，如果你被學校開除，我以後就沒辦法

*助人執照：魔侍一般需通過高階魔法力測試後才能申請助人執照，有了執照才能在人類世界幫助人類。

再當修行助使，你知道我多麼想當好一個稱職的修行助使嗎？」羅賓悲從中來，當修行助使可是牠一輩子的夢想和使命啊！

「為了當好修行助使，我更是時刻不放鬆地盯着沫沫你啊！每天從早到晚督促沫沫你學習魔法，一邊還要充實自己的知識，學習關於魔法的一切事物，連睡眠時間都沒多少……」

「好，好，好！我知道了！」沫沫舉手投降，想到羅賓為她**勞心勞力**的樣子，她沒辦法繼續堅持自己的想法。

「我現在就去學校報到。」

沫沫收起了魔侍手冊，匆匆滑下剛才碰見阿秋的河道旁，接着沫沫擺出魔法手印，口中**唸唸有詞**：「德起稀達，速！」

沫沫使用了魔法力中的速度力，隨着唸出「速」字，沫沫身影快得化成一道黑影，迅速往前方飆去，眨眼間已不見蹤影。

第二章
怪人咕嚕咚

沫沫一路快跑，朝**人煙稀少**的路徑奔去，跨過幾個山頭和樹林。

「我記得越過一大片棕櫚樹林，就抵達尼克斯魔法修行學校了！」羅賓對沫沫說。

由於擔心迷路或無法準時報到，羅賓一個月前就來探過路。

不久，他們眼前出現了一大片看起來**肅穆陰沉**的棕櫚樹林，沫沫第一次看到乾枯垂下葉子的棕櫚樹，不禁感到有些驚訝呢！

「羅賓，你說過尼克斯魔法修行學校在熱帶雨林深處，看到這些樹，表示我們就快到目的地了！」

「熱帶雨林可不只這種樹常見，還常下雨……」

羅賓才說完，豆大的雨點突然就滴滴答答地落在他們身上。

「噢！怎麼辦？我可不想穿着濕答答的校服去報到啊！」

「沒辦法，淋都淋濕了，沫沫，**你加快速度吧！**」

於是羅賓躲進沫沫懷裏，沫沫停在某棵棕櫚樹尖頂上，緩一緩氣，集中心神，擺出魔法手勢，唸道：「德起稀達，速！」

噢的一響，沫沫迅速穿過**雨絲**往前飛去！

沫沫使用的速度力可達到第二階，體力消耗得也較慢，不需要一直休息。

不一會兒，沫沫眼前出現了羅賓早前跟她提過的迷霧區，這裏被濃濃的霧氣籠罩，**一片迷濛**。

「沫沫，你從未實際使用過驅散力，應該沒問題吧？」羅賓有點擔心地說。

為了順利通過迷霧區，沫沫上個月才跟農叔學習撥開一切**遮蔽物**的驅散力呢！

「相信我吧，我練過好幾次了！」

沫沫擺起手印，唸道：「形夾離稀，散開！」

眼前的霧氣頓時往兩邊散去，沫沫欣喜地衝向前，繼續趕路。

終於，他們來到尼克斯魔法修行學校的特殊圍籬──樹木高牆。

羅賓跟沫沫提過，過了樹木高牆，就是尼克斯魔法修行學校範圍了！

「這樹木高牆足足有七層樓高啊！」沫沫**仰望着高牆**，向來冷靜的她也不禁歡喜地叫道。

她凝神專注地唸出飛行力咒語，奮力往上飛去，突然，一個黑影橫過沫沫跟前，與沫沫撞個正着！

沫沫應聲跌落在樹木高牆底下。

她**眼冒金星**地爬起來，正要責備那突然竄出來的冒失鬼，卻被眼前的壯大身影嚇着了。

只見那冒失鬼站了起來，高大壯實的身體足有三個沫沫那麼大！

「嘿！都是你，要不是你，我就不會把最適合我的修行助使弄丟了！快出來吧，我的修行助使！乖啊，快出來！」

沬沬盯着一邊嘟嚷一邊懊惱地尋找修行助使的「大塊頭」。

「我可是找了好多個修行助使，好不容易找到最適合我的修行助使，千方百計讓哈老太婆點頭幫我訓練了，居然給你弄不見，你説怎麼辦？」

大塊頭瞪着沬沬，沬沬一頭霧水，完全不知道眼前的大塊頭在説什麼。

「喂！快説啊！現在要怎麼辦？」

「我不知道你在説什麼，怎麼知道要怎麼做？」沬沬答道。

「哎呀！就是叫你找回我的修行助使啊！你這小魔女怎麼聽不懂人家説話？」

沬沬還是感到茫然不解，她想了想，説：「誰是哈老太婆？她為什麼要幫你訓練修行助使？另外，你的修行助使怎麼要我找呢？牠是什麼樣的

23

修行助使？」

大塊頭聽到一連串的問題，濃厚的眉毛皺得幾乎打結在一塊兒了！

「你這小魔女怎麼那麼多問題？唉！煩！真是煩！不要問我，自己想！」

「我什麼都不清楚怎麼自己想？」

「我不管！你要自己想！」大塊頭**乾脆**坐了下來，雙手叉着腰，一副要沫沫負責的樣子。

沫沫回想一下大塊頭的話，説道：「讓我們一個一個問題解決吧！首先，你說修行助使弄丟了，一般人的修行助使不是都會緊緊跟着他們的嗎？啊？對了，你剛才還説，你找了好多個修行助使，難道……」沫沫兩眼睜大了起來，「你是專門尋找及訓練修行助使的魔物師？」

大塊頭豪放地大笑起來，嚇得沫沫顫了顫，然後説：「誰要當那整天疑神疑鬼，還骯髒邋遢的魔物師？」

「疑神疑鬼？魔物師骯髒邋遢？」

「哈老太婆就是這樣啊!她每天只會耍大牌,讓她幫忙訓練多幾個修行助使都不肯!呼!」

聽到這裏,沫沫總算明白了一件事,大塊頭一直掛在嘴邊的哈老太婆是位魔物師。

魔物師是負責尋找及訓練有潛能成為修行助使的動物的魔侍,具有天生識別修行助使的本事。這些有潛能的動物必須經過魔物師後天的訓練,才成為合格的修行助使。

就在剛才,大塊頭好不容易請求到魔物師幫他訓練的修行助使,卻在和沫沫相撞時弄丟了。

沫沫又問:「你需要很多個修行助使?魔侍不是只有一個修行助使嗎?」

「唉!小魔女怎麼這麼多疑問?我就是要有很多個不行嗎?而且,如果只有一個我怎麼知道哪個是最適合我的呢?」

沫沫覺得眼前這大塊頭真是個**莫名其妙的怪人**,不過他說的話倒也有些道理。

「那剛才弄丟的修行助使是什麼樣的?」

「嗯……」大塊頭認真地想了想，道：「牠好機靈好可愛，透明的羽翅五顏六色的，在太陽底下特別**炫目**，可以干擾敵人的視線，除此之外，還有兩個大大的、烏溜溜的眼珠子……」

「停！我的意思是牠是什麼樣的動物，比如是一隻鳥、蜜蜂或青蛙之類？」

「我剛才不是說出牠的特徵了嗎？你猜牠是什麼？」大塊頭興奮地對沫沫眨眨眼。

沫沫不禁傻眼，說：「我不想猜。」

「猜東西這麼好玩，怎麼會不想猜？我再說清楚一點，牠的眼睛很大很大，差不多佔滿整個頭——」

「你再這樣我就不幫你找了。」沫沫盤起雙手道。

「哎，好好，我就告訴你一個。」大塊頭兩眼睜得大大的，興奮地說：「牠啊，可是**千年難得一見**的絲絨蒼蠅，我猜牠是熱帶專有的美麗生物，只在這學校附近見過呢！」

「那就是説，最適合你的修行助使絲絨蒼蠅喜歡在學校附近**徘徊**，必須在這學校附近尋找。」

大塊頭用力地點點頭，甩得那頭蓬蓬的頭髮晃個不停。

羅賓這時在沫沫懷裏提醒道：「沫沫！再不走就來不及了，飛去學校吧！」

「噢，對啊！」沫沫趕緊拍掉黏在身上的枝葉，正要唸出飛行咒語，大塊頭瞬間擋在沫沫跟前！

「好快！他是使用了高階速度力？」沫沫**暗暗思忖**。

「不准走！你必須先幫我找到最適合我的修行助使！」大塊頭濃濃的眉毛皺起來，連眼睛都看不見了！

沫沫看着眼前**蠻不講理**的怪人，知道沒辦法在他眼皮底下逃走，於是她説：「我會幫你找到最適合你的修行助使。」

「真的？」大塊頭馬上天真地笑起來，「什麼

時候？」

「別急。我得先去魔法修行學校報到。」

「不，不，不！你必須先幫我找到！」

大塊頭嘟起嘴晃着頭那模樣，簡直像個**霸道鬧事的小孩**。

沫沫心想：「再這樣糾纏下去，肯定沒辦法去學校……」

沫沫思索了下，對大塊頭說：「你想想，要找到最適合你的修行助使，是不是必須能在魔法修行學校自由行動的學生？如果我來不及報到，我就沒辦法留在學校；沒辦法留在學校，就沒辦法在學校範圍內自由行動；沒辦法在學校自由行動，當然就沒辦法在這裏幫你找到最適合你的修行助使了啊！」

大塊頭重複着沫沫的話：「如果來不及報到，就沒辦法留在學校；沒辦法留在學校，就沒辦法在學校內自由……」

大塊頭舌頭打起結來，他呼哧呼哧地晃晃頭，

突然**正經八百**地說：「總之你必須先去報到，才能幫我找，對吧？」

「嗯！」沫沫呵口氣，慶幸大塊頭總算聽明白了。

誰知大塊頭馬上兩眼一瞪，又晃晃頭道：「不行！萬一你報到之後不幫我找呢？」

「放心，我是魔女沫沫，**我說過的話一定做到！**」

「哦……沫沫……小魔女你說的話可要算數啊！」

「當然。那我先走了！大塊頭！」

沫沫唸起飛行咒語，大塊頭卻再次擋在沫沫跟前，道：「慢着！」

「不是說好先讓我去報到嗎？」沫沫呵口氣，攤攤手道。

「你這樣子去報到不擔心被同學取笑嗎？」大塊頭指着沫沫濕答答的校服說。

沫沫看看天空，雨已經停了，但她可沒有多一

套校服替換啊！

沫沫拉起**濕透的裙襬**，聳聳肩道：「沒辦法，我的行李昨天已經先寄去學校了。」

大塊頭挑高了眉，一臉興奮地說：「讓我幫幫你吧！」

大塊頭沒等沫沫回應，就對沫沫比了個旋轉動作，嘴裏迅速唸道：「司塔克挪，虛達易臘，風乾！」

沫沫像傀儡般依着大塊頭手指方向轉了幾轉，然後神奇的事發生了——沫沫的校服和頭髮居然瞬間乾透！

沫沫和羅賓驚訝得**合不攏嘴**，羅賓好奇地問：「這是哪個魔法力？我怎麼從來沒見過？」

「哈！你們沒見過的魔法力可多了！我啊，能將新衣服弄得破破爛爛的，讓燃燒的火焰變成甜甜的果醬，那果醬可好吃啦！我還能使人們的身體發出臭熏熏的氣味，只要你想得出的氣味都可以……」

30

沫沫越聽越覺得離奇，這些魔法力不止**前所未聞**，還很奇特，她不禁讚歎道：「太奇妙了！聽起來好好玩！」

「你這小魔女我還挺中意的，只要你想學，我都可以教你！」大塊頭把頭伸過來，笑瞇瞇地問：「怎麼樣？想不想學？」

「想！我當然想學！」說到學習魔法，沫沫**兩眼不禁發光了**。

羅賓趕忙提醒她：「報到，報到！」

沫沫不得已，施行飛行咒語道：「提希而，騰空！」

她起飛的同時耳邊傳來**洪亮的聲音**：「我不叫大塊頭！我叫咕嚕咚！別忘了幫咕嚕咚找修行助使！」

「咕嚕咚？這名字也太奇怪了，不過很符合大塊頭這樣的怪人。」沫沫想着，往那高大的樹木高牆飛去。

第三章
全身散發異味的女孩

　　上了幾節課，阿秋肚子餓得咕嚕咕嚕響，因此當下課鈴聲響起時，她迫不及待地衝出課室，往食堂方向衝去。

　　阿秋買了奶油麵包和薯條，喜滋滋地在食堂找了個不引人注意的角落，準備享用一番。打開包裝，正要大口咬下，卻被人搶走了到口的麵包！

阿秋愣了一下，趕緊抓了幾根薯條放進嘴裏，快快**咬嚼**，誰知卻被人從後方推撞，嘴裏的薯條噴了出來。

「哎呀！對不起，我沒看到你，不小心撞到你了！」

阿秋吞下沒吐出的薯條，瞄了一眼「不小心」撞到她的同學，**哐啷一聲**從椅子上站了起來，急急要走開去。

「這麼急，要趕去哪裏啊？」

一隻手拍向她的肩膀，阿秋不得已地停下來，吞吐地説：「我⋯⋯去洗手間。」

「東西都還沒吃，先吃點東西嘛！我弄倒你的食物，一定要讓我請你！」

「不，不用了！」阿秋説着，趕緊甩開那人的手，誰知另一名女同學又擋住她的去路。

「都説了請你，過來！」

女同學霸道地拉着阿秋的手去旁邊的位子坐下，「看，這是特地買給你的乳酪。快喝吧！」

阿秋皺着眉頭，**無可奈何**地拿起女同學遞過來的乳酪，正要喝下，女同學又「不小心」地碰一下阿秋的手肘，乳酪就這樣灑在阿秋的衣服上。

　　「不想喝也不需要倒掉啊！真是浪費！」

　　「哎呀，乳酪倒在衣服上，會發臭的啊！」

　　「不過還是遮不住她身上的**鹹魚味**，哈哈哈！」

　　「對，對！乳酪發臭都比她身上的味道香，唉！阿秋，不是我們要說你，你到底有沒有洗澡啊？」

　　「我猜她三天洗一次！」

　　「不，應該是一個月吧？不然怎麼可能那麼臭。」

　　「不，不，應該是一年，哈哈哈！」

　　兩人**你一言我一語**地取笑阿秋。

　　她們是這半年來不斷找她麻煩的同學翠宜和婉芯。阿秋已經習慣了她們的嘲弄和嬉笑，雖然不喜歡，但她也不曉得怎麼做才好。於是，阿秋朝她們

笑了一笑，**若無其事**地走開去，看熱鬧的同學隨即一哄而散。

翠宜望着阿秋的背影，眉頭皺了皺，說道：「最近在每次去的地方都遇不到她，看來她是找到一條我們都不知道的路回家了。」

「今天放學我們跟緊一點，就知道她走哪條路了！」婉芯提議道。

翠宜點點頭，兩人繞開一地的薯條，到旁邊的桌子坐下，邊享用她們的午餐邊大聲笑鬧着，對於自己剛才對阿秋做的事一點兒也不在意。

阿秋這時來到了洗手間。她躲在其中一個隔間內，**歎了一口大氣**。

「唉！要怎麼樣才能讓她們不再找我麻煩呢？我身上有臭味也不是我想的啊，而且，我每天都有洗澡，還每天都洗頭呢……」阿秋小聲地自言自語道。

只有在這無人看到她的廁所，阿秋才敢說出自己的想法。她在學校沒有什麼要好的朋友，這半年

來，由於翠宜和婉芯的「特別招待」，原本跟她有說話的同學也不敢靠近她，生怕被她牽連。

她縮起肩頭聞了聞自己的臂膀，「有味道嗎？我一點兒也聞不到啊！」

阿秋**抿了抿嘴**，對自己說：「沒關係，我一個人也可以好好的。」

雖然如此，阿秋皺緊的眉頭卻遮不住哀傷，原本愛笑的嘴唇也不禁往下彎曲。她其實很不喜歡面對這兩位愛欺負她的同學，也不喜歡對她**不理不睬**的其他同學。說到底，她根本就不想來學校上課。

「唉！今天本來不想來的，誰知道被媽咪發現沒帶書包……」

阿秋就這樣扶着下巴坐在馬桶上，一邊**懊惱**一邊發呆，直到上課鈴響才走去課室。

第四章

熱心的魔子

　　尼克斯魔法修行學校的圍牆非常高，沫沫奮力往上飛去，抵達頂端，就要越過去時，羅賓急忙叫住沫沫，讓她停了下來。

　　「通行證，沫沫。」

　　沫沫聽從指示，取出之前寄到濕地家園的一張小卡片，往爬滿了**藤蔓**的樹籬照一下。

　　「現在可以了！」羅賓說。

　　沫沫雖然不明白這樣做的用意，但還是照着羅賓所說的做。沫沫和羅賓飛越圍牆，很快地，稀落的木造建築映入她**眼簾**。羅賓曾對她提過尼克斯魔法修行學校環境清幽，充滿大自然的氣息，像是建於樹林中的原始村落。

　　「果然充滿原始村落的風味呢！」沫沫喜歡大自然，原本因為開學而繃緊的心不禁鬆了下來。

沫沫飛到木屋上空時，一陣怪異的小調鈴聲響起，緊接着，空氣中傳來某個尖銳得令人想遮住雙耳的聲音：「請同學們到禮堂集合。請同學們到禮堂集合。請同學們……」

沫沫搜尋了下，發現一大羣穿着校服的魔侍正往某個方向移動。

於是她減低速度飛到人羣上方，慢慢地在他們身後降落。

突然，有位魔子不知從哪裏飛過來，也準備降落，但他的飛行力極不穩定，**搖搖晃晃**地衝向了沫沫！

幸好沫沫閃得快，要不然可要跟他一塊兒跌到地上去了！

「怎麼又有個**冒失鬼**？」羅賓從沫沫懷裏探出頭來説。

沫沫發現那魔子渾身濕透，心想：「他應該也跟我一樣，被大雨淋濕了。」

不過他可沒有沫沫那麼幸運，遇見咕嚕咚幫她

弄乾衣服呢!

　　魔子狼狽地爬起來,喘了口大氣,咕噥道:
「幸好來得及,我可不想被罰洗訓練所啊!」

　　說着他頭部左右晃了晃,用力抖了抖身子,把
水珠都噴到沫沫身上了!

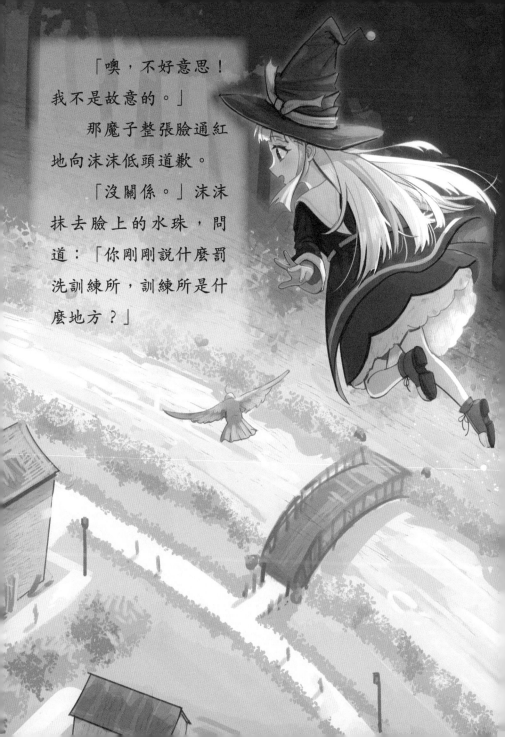

「噢，不好意思！我不是故意的。」

那魔子整張臉通紅地向沫沫低頭道歉。

「沒關係。」沫沫抹去臉上的水珠，問道：「你剛剛說什麼罰洗訓練所，訓練所是什麼地方？」

「你不知道訓練所？」魔子不能置信地看着沬沬，「魔侍世界的每個人都應該知道的啊！你這樣**傻乎乎**的，肯定會被人盯上。」

「我不在乎別人怎麼看我。嘿，到底什麼是訓練所？」

魔子指着沬沬肩膀上的羅賓，道：「就是訓練修行助使的地方啊！那裏可大了，你不知道，尼克斯魔法修行學校總共有十八座木造樓，訓練所是其中最大的一座，佔地足足有半公里！」

「那又如何？」

「呵，你不知道，去年有個魔子因為遲到了幾秒，來不及進到禮堂，就被抓去清洗訓練所啊！」

沬沬發現這位魔子似乎很喜歡說「你不知道」，不過她覺得清洗很大的訓練所也不是什麼**苦差**，況且，說不定還可以趁機幫咕嚕咚找到那千年難得一見的修行助使呢！

「你可不要以為清洗訓練所沒什麼大不了，你不知道，那裏有各種意想不到的生物，你不但要

小心不被抓傷咬傷，還得清洗那些**臭氣熏天**的排泄物！」

沫沫顯得不以為意，問道：「你也是第一天來這學校？」

「我？」魔子手指着自己，接着爽朗地說道：「當然不是！我今年二年級了！」

魔子瞄了眼沫沫，問：「你是新生？」

「呃——是吧！」沫沫說。

「嘿！一年級的新生可要小心點，尤其是我們仁族。」魔子皺了下眉頭。

「為什麼？」沫沫抬高了眉問。

從小就跟着嚴農住在「濕地家園」，幾乎沒有跟其他魔侍接觸過的沫沫，對於陌生環境還是感到有些不安。

魔子**壓低聲量**，靠向沫沫，說：「你記住不要主動展示魔法力就是了。」

|為什麼不要主動展示魔法力？」

「總之你記住我的話。不要主動做任何事，那

就不會招惹到麻煩的人和事。」魔子神秘兮兮的，然後他自我介紹道：「我叫房米勒，以後有什麼事，可以到二年級課室找我。**我會盡我所能幫助你。**」

沫沫看着眼前這熱情而憨厚的魔子米勒，突然覺得很安心。

她向米勒介紹自己：「我叫沫沫，我是費族，不是仁族。」

「你？費族？」米勒大跌眼鏡，驚奇地看着沫沫，道：「從來沒看過個子這麼小的費族呢！」

沫沫微微皺了皺眉，正色對米勒說：「費族或仁族都一樣是魔侍，為什麼要如此在意呢？」

「噢，你不知道，在魔侍世界費族是最優秀的族羣，各方面都很**優異**。仁族呢，什麼都比不上他們。」

「我們應該要破除這種偏見。仁族也是優秀的魔侍，不需要覺得比不上人家。」

「你不是仁族，當然這麼說啦，你沒有試過成

績和魔法力都落後費族，被人看不起和取笑的滋味。」米勒說着低下頭來，顯得自卑不已。

「我不會輸給他們——」沫沫說到一半，立刻噤聲。她是仁族的事可絕對不能讓其他魔侍知道啊！她從小就被農叔*訓誡*絕對不能透漏自己的真實族裔，在外人眼中她是嚴農的女兒，當然就是費族。

沫沫沒有繼續爭辯，她想：「我一定要證明給米勒和其他同學知道，仁族、費族，還有松族，都是一樣優秀的魔侍。」

「同學們注意！儘快到禮堂集合！開學禮即將開始！」

尖銳的聲音又從廣播中響起，米勒慌忙說：**「總之你別主動舉手，我得去簽到了！」**

米勒拖着濕答答的長袍吧嗒吧嗒離去。

「沫沫，我們也趕緊去簽到吧！你是插班生，遲到可不好啊！」

於是沫沫和羅賓也匆忙走向禮堂。

第五章

衝突

　　沫沫在禮堂前方的布告板找到自己的名字，她被安排到二年級水班，簡稱「水二」班。於是她趕緊到寫着「水二」告示牌的攤位簽到。

　　水二攤位看起來比其他攤位多人，鬧哄哄的，像有什麼人在**鬧事**。沫沫擠進人羣中。

　　「哎呀！有個人跌在地上呢，沫沫！」羅賓在沫沫頭上叫道。

　　沫沫好不容易擠到前方。有位同學跌坐在地上，頭低低的，嘴裏在拚命道歉：「對不起，我不是故意的，**真的不是故意——**」

　　沫沫驚訝地發現，他正是剛才那位熱心的魔子米勒！

　　米勒身旁頂着一頭鬖髮的魔子這時衝着他喊道：「你根本就是故意撞過來的！」

「不，不！我真的不是故意的，我怕遲到才不小心碰到你。噢，不過弄濕你的新校服是我不對，我會想辦法**補償——**」

「你怎麼補償？你可以買一套全新的給我嗎？」

「我……雖然我買不起新校服，不過，我可以幫你縫校服！」

「誰要你縫？我不像你，校服破洞了還穿。哼，你就是妒忌我有新校服穿吧？房米勒，去年你每天都跟我借東借西，魔法使用規範功課也不準時交，害我被『惡神』責罵，還被處罰清掃校園！」

「對不起，我記性差，常忘帶東西，沒交功課是因為我不會做……」米勒**一臉畏縮**地説着，頭壓得更低了。

「今年你最好離我遠一點，別讓我看到你！」

「可是，我們是同班同學，怎樣不讓你看到我？」

「你不會申請轉班嗎？或者——」那名**咄咄**

逼人的魔子突然露出不懷好意的模樣，說：「你想退學？」

「不，不！我知道我很笨，但我真的很喜歡魔法，我不要退學！」米勒一臉驚慌地說。

「我舅母在魔法懲戒部工作，要是她發現你做了不應該做的事，嘿———」

米勒緊張地衝過去他腳邊，懇求道：「不，不！千萬不能告訴她！你要我做什麼都可以，只要不讓我退學！」

一直在旁邊觀察的沫沫臉頰忍不住動了動，眼神犀利起來。這是沫沫感到憤怒的徵兆，羅賓趕緊勸她：「沫沫，我們不清楚來龍去脈，還是別插手比較好。」

「米勒很明顯是被人欺負。」沫沫沒有跟羅賓多說，**一個箭步衝過去**———這時有個魔女卻搶在沫沫前頭，擋住了沫沫的去路。

「志沁，米勒已經道歉，你也把他推倒在地上，扯平了。」

48

沫沫覺得這魔女身影和聲音都很熟悉，當她走過去扶起米勒，沫沫才發現她就是之前跟蹤自己的魔女！

「不，子研，是我不好，我應該離志沁遠一點的，對不起，對不起！」米勒畏縮地頻頻道歉，看得出來他似乎很**畏懼**這位名喚子研的魔女。

子研對於米勒的道歉毫不在意，她轉過頭發現了沫沫，呀地叫了出聲：「嚴沫沫！」

眾人目光頓時聚焦於沫沫身上，沫沫往後退了一步，但其他同學也退後一步。沫沫從來沒有被這麼多人注視，覺得好不自在。

「子研，別做多餘的事，快去禮堂吧！你聽，『高八度音』又在喊了。」在子研後方的男同學說道，他正是另一位跟蹤沫沫的魔子。

沫沫聽到這位魔子形容廣播中的聲音為高八度音，嘴角不禁牽動一下。

「仕哲，你可不可以不要什麼都管着我？」子研**不耐煩**地回答。

「我是讓你別多事。」

「我只是想認識新同學罷了！」說着子研走到沫沫跟前，伸出手道：「我叫齊子研，你好，嚴沫沫！」

「你好。」沫沫禮貌地伸出手，和子研握了握手，同時問道：「我們⋯⋯認識嗎？」

「不認識。不過，你是**破例**跳級到我們水二班的插班生，這在尼克斯魔法修行學校是非常少見的。」

「原來你是我們班的插班生啊！剛才我還以為你是一年級新生呢！」米勒擦了擦額頭的汗，說道。

沫沫沒有回應米勒，她盯着子研，緩緩地說：「所以你就跟蹤我？」

子研臉色微紅，馬上**辯解**道：「我只是好奇你為什麼可以直接跳級——」

「那你就是承認跟蹤我了。」沫沫輕描淡寫地總結。

「我——」子研無法否認，氣得整張臉通紅了。一旁的志沁趕緊衝到子研前方，**兇神惡煞**地說：「子研是看不慣你這種沒實力，靠後門跳級的魔女！」

「靠後門跳級？」沫沫重複着志沁的話，眼神充滿了困惑，「你怎麼斷定我靠後門跳級？」

志沁**一時語塞**，他求助地望向子研。

子研不疾不徐地問道：「如果不是走後門，你為什麼可以直接插班到水二？」

沫沫陷入沉思。她完全沒想過這個問題。當農叔説讓她去魔法學校上課時，她一心只想着可以學習各種魔法力，對於讀什麼班根本毫不在意，當然也更不會去思索是否跳級的事。

「你就是仗着父親是魔法藥聖，才這樣為所欲為吧？我們大家可都是經過魔法力一階測試才升上二年級的，你憑什麼沒有測試就越級讀二年級？」子研**趁勢不饒人**地説。

圍觀的同學們紛紛議論起來，大家都對沫沫的

事感到很好奇。

　　子研以為沫沫會因她的質問而生氣，誰知沫沫不但不氣，還**點頭稱是**道：「嗯，我的確不應該越級讀水二班。那我應該去哪裏詢問換班？」

　　子研被沫沫這麼一問，倒不知怎麼回應她了，不耐煩地說：「我怎麼知道去哪裏詢問？」

　　這時仕哲開口道：「換班的事，你可以去管理班級事務的教務處詢問。至於我們跟蹤你的事，我替子研向你道歉，我應該阻止她的。」

　　沫沫看向回答的魔子，他看起來**謙虛**而有禮，於是沫沫也有禮地回道：「其實我並沒有怪她，只是好奇你們為何跟蹤我而已。你是──」

　　「水二班喬仕哲。」

　　「那請問教務處在哪裏？」沫沫問道。

　　仕哲指向禮堂不遠處的一棟木造三層樓，說：「那就是行政大樓。除了教務處，還有教師休息室、校長室等等。」

　　沫沫匆匆向仕哲道謝，走向行政大樓。

52

「她還真是**快人快語**。」仕哲莞爾一笑，對沫沫直爽的個性似乎很欣賞，「子研，你就別去在意她的事了。」

「誰知道她是不是故意做做樣子呢？」子研沒有得到預期的結果，嘴巴都撅起來了。

在一旁的志沁向來很在意子研，可說是子研的跟屁蟲，他見子研似乎很不開心，眼珠子轉了轉，突然一個箭步追上沫沫！他擋在沫沫跟前，說：「你跟我比試比試吧！」

沫沫皺着眉道：「我為什麼要跟你比試？」

「你可以跳級到水二班，想來你的魔法力應該至少達到一階的水準吧？」

「一階？」

沫沫眉頭蹙了蹙，腦海中**浮現**農叔教導她魔法力的情景。

「沫沫，快使用對換力。必須精準，絕對不能有一點差錯。」農叔在濕地家園外的小菜園慎重地對沫沫說。

沫沫依照農叔的指示，施展魔法力，將菜地裏長得短小的白蘿蔔與剛要逃出菜園的田鼠對換了腳部。於是，長着蘿蔔腿的田鼠跑不動了，在那兒吱吱叫着，而菜地裏的白蘿蔔卻突然跑了起來！

　　農叔摸摸下巴，點點頭道：「可以。」

　　沫沫又想到另一個情景，當她對一個大石頭和一片葉子施行了質變力，農叔用盡力氣都「抬」不起葉子，而沫沫輕而易舉地將大石頭揮舞時，農叔對她說：「還不錯。」

　　「農叔只説可以或者還不錯，沒有説過我是不是達到一階。」沫沫心想着，然後據實回答志沁：「我不清楚。」

　　「你該不會連一階魔法力測試都沒通過吧？」志沁**語帶嘲笑**地問。

　　「什麼是魔法力測試？」沫沫問。

　　志沁不禁傻眼：「沒有經過任何測試居然可以跳級？分明就是走後門進來！」

　　「我沒有經過測試，不代表我的魔法力達不到

54

一階的水準。」

「那就跟我比試啊！難道你怕被人知道你的魔法力沒有達到一階？」

沫沫又皺了皺眉，**不明所以**地說：「我為什麼怕？我有沒有達到一階都不關你的事。」

「當然關我的事，噢，不！是關所有魔女魔子的事。因為如果沒有達到一階，是不可以讀二年級的！」

「那如果我有達到一階呢？」

志沁一時語塞，但隨即說：「你有一階魔法力合格證？」

「沒有。」

「嘿！沒有一階魔法力合格證就不能進水二班！」

這時仕哲過來**勸阻**道：「志沁，沫沫都說了要去換班，你何必多管閒事？」

「我不管她是不是真的要換班，她能夠進到水二班應該能接受我的挑戰！」

「我説要換班就要換，為什麼你説是不是真的？」沫沫對於別人質疑她的話感到無法理解。

米勒這時也趕過來，說：「志沁，沫沫今天第一天來報到，你就不要為難她——」

「走開！房米勒，我不是叫你離我遠一點，不要讓我看到嗎？」

「我——」米勒一副委屈的樣子。

沫沫最看不得別人被欺壓了，她**眼中閃着怒火**，羅賓知道沫沫真的生氣了，但牠想阻止已來不及，因為沫沫已衝口回應道：「我可以跟你比試，不過你以後不許再為難米勒！」

「好啊！但你必須勝過我才有資格說！走，跟我去魔法力競技場！」說着志沁往另一側衝去，正要唸出咒語，一位魔女擋在志沁前方。

「開學禮快開始了，大家還不快點進去？」她語氣溫和地說。

大夥兒聽到她的話，紛紛有秩序地排隊步入禮堂。

沬沬好奇地**端詳**這位身形瘦高的魔女，她約有五十來歲，戴着圓框金邊眼鏡，盤着頭髮，氣質很高雅。

「你就是沬沬？」她看進沬沬眼底，說了句讓沬沬**摸不着邊際**的話：「真懷念。」

「請問你是——」沬沬問道。

「我是這所學校的校長科靜。」

沬沬意外地睜大了眼，原來眼前這位高雅的魔女就是科校長！

「等開學禮結束，你來辦公室找我。」科校長說完逕自步向禮堂。

第六章
結怨

　　阿秋的座位在教室的正後方，只要她願意，她可以清楚看到每個同學在做什麼。

　　就在半年前的一天，由於看不懂考卷上如外星文一般難懂的英文題目，她早早就蓋起卷子，打算趁考試完畢前的半小時補眠，可惜她怎麼都睡不着，於是她無聊地看向窗外。

　　窗簾飄拂間她發現一隻躲在簾子後方的小壁虎！小壁虎定定爬在牆上，望着距離牠不遠的食物——豹虎。這下阿秋的**瞌睡蟲**完全被趕走了，她仔細地凝視窗簾掀開時偶爾現形的壁虎，關注着壁虎的捕獵行動，就在此時，她發現壁虎下方位子的同學有一些奇怪的動靜。

　　那位同學時不時掀開簾子，頭部微微轉動着，手部書寫的速度**時而停頓時而疾寫**。

阿秋瞇起了雙眼，仔細地瞧，發現壁虎下方的牆上似乎寫着一些密密麻麻的小字。

「她不就是每次拿第一名的翠宜？她竟然在作弊！」阿秋驚訝極了，想着該怎麼做才好。

「老師一直有叫我們不能作弊，**作弊是很嚴重的錯誤行為**⋯⋯可是或許翠宜並沒有作弊，那些只是牆上的塗鴉⋯⋯」

阿秋心裏在交戰，到底要不要報告呢？雖然她功課不好，但一向是個遵守規矩的乖巧學生。

「作弊是嚴重的犯規，必須讓她知道自己做錯。」

最後阿秋決定**婉轉**地暗示老師，於是她舉起手，道：「老師，窗旁好像有個同學在那裏——」

老師看向阿秋所指的窗口處，翠宜慌忙地做了個擦拭牆壁的動作。

翠宜選用了可以抹去的神奇筆寫在牆壁上，這樣就能在作弊後輕易抹掉證據，不讓人發現。但就在翠宜這麼做的時候，牆上的壁虎逃跑時自斷尾

巴，那斷掉的小尾巴掉在了翠宜手臂上，嚇得她大叫起來！

老師生氣地**責備**翠宜，翠宜低着頭，眼尾卻瞪向阿秋。

雖然老師沒有發現翠宜作弊，但阿秋差點兒讓老師知道她在作弊。自此之後，翠宜就和她的好伙伴婉芯不時找阿秋麻煩。

今天阿秋在班上一直**心神不寧**，她感到翠宜和婉芯的目光充滿敵意。

「沒關係，她們不會追到我的。」阿秋安慰自己說。

好不容易等到放學，阿秋第一個衝出校園，並走向最近找到的僻靜路線，避開找她麻煩的同學。

阿秋走向河堤邊的芒草小路，放鬆地哼起歌來。就在阿秋以為已經安全避開那兩位找她麻煩的同學時，前方突然跳出兩個人影。

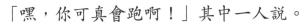

「嘿，你可真會跑啊！」其中一人說。

在阿秋跟前的，正是阿秋最不想遇見的翠宜和婉芯。「你們……怎麼會來這裏？」阿秋瑟縮地問道。

「你以為你避得了我們？」翠宜說。

「請你們……不要再來找我，關於你作弊的事，我什麼都沒有說。」

「誰說我作弊！我根本沒有作弊！」翠宜憤怒地衝過來，揪住阿秋的衣領。阿秋害怕地**掙脫**翠宜的手，道：「好，好！我明白了，你沒有作弊，請你放過我吧！」

「唉！誰叫你這麼臭？讓我教教你吧！記得回去要好好清洗乾淨哦……」

阿秋發現翠宜那**不懷好意**的眼神，趕緊往後逃去，誰知婉芯在後方攔住了她。

翠宜笑着走向她，阿秋惶恐地站在原地。她哪兒都去不了……

第七章

開學禮開始！

「沫沫！你的學號是6021水0015！」羅賓用翅膀指向簽到簿，興奮地叫道。沫沫趕緊用手指放在嘴邊，讓羅賓壓下音量。

「**收斂一點**，羅賓。是我報到不是你。」沫沫提醒羅賓。

羅賓不好意思地用翅膀遮住那小小的喙，牠看起來的確比沫沫更緊張、更像新生呢！

沫沫在簽到簿簽下名字，並獲派發一個水二班的名牌。尼克斯魔法修行學校共有七個年級，每一個年級有四個班，名為火、風、水、土。一年級火班簡稱為火一班，一年級風班簡稱風一班，以此類推。沫沫二年級水班，即為水二班。

簽過名，沫沫手背上蓋了個發出螢光的水紋圖章，即表示簽到完畢。

沫沫邊察看圖章上不斷變換顏色的水紋圖樣，邊跟着大隊循序步入禮堂。

　　突然，入口處的一位魔子停下腳步，身體扭動不已，大喊道：「快幫我擺脫這纏人的東西！」

　　原來有位魔子被門口周圍攀附着的藤蔓纏住了雙腳，**動彈不得**。沫沫望向攀附於門邊，點綴着紫色鈴鐺花兒的美麗藤蔓，驚訝地對羅賓說：「那就是看守藤蔓？想不到看守藤蔓具有這樣的魔力！」

　　一道急促的腳步聲從禮堂內傳來，喝道：「又是一個對孩子擔心過度的父母！別以為你沒有蓋章可以躲過看守藤蔓，偷溜進禮堂！」

　　「是高八度音。」沫沫皺了皺眉。高八度音原本高亢的嗓子在大聲呼喝下，更加尖銳刺耳了。沫沫伸長脖子，想看清高八度音的模樣，但被圍觀者擋住了，**只聞其聲，不見其人**。

　　「咦？父母？」沫沫半秒才反應過來，她觀察那位被藤蔓纏住的魔子，他果真比周遭的魔侍高出

兩個頭來。

「父母為何在這裏？魔法學校不是只有學生才能進來嗎？」沫沫感到不明所以。

「照理説是這樣沒錯，不過一年級新生因為不熟悉，校方允許父母帶他們進來。但大家都是護送孩子抵達後就馬上離開，想不到竟然有個**漏網之魚**。」羅賓一臉不可置信地説。

高八度音繼續訓斥那位魔子：「孩子長到十歲了還不放心嗎？這樣怎麼培養出有自信的魔侍？」

「可是，我家孩子從來沒有離家那麼久，他不習慣跟陌生的魔侍説話，沒有我在旁邊，他會害怕的啊！」高八度音再次厲聲喝道，「就是有你這樣的父母，孩子才沒有自信！什麼都依賴父母！」

「別的魔法學校都可以讓父母進去探視孩子，你們就不能通融一下嗎？」那魔子扭動着身軀，一副**毫無悔意**的模樣。

高八度音這回真的發怒了，指示道：「看守藤蔓，不准鬆開！現在需要教育的不是孩子，是父

母！」

看守藤蔓不知從哪兒又伸出幾根細長的枝蔓，將那魔子全身包裹得密密的，那魔子差點兒透不過氣來，趕緊求饒道：「是我不對，請你讓它們放開我吧！」

高八度音沒有理會他的懇求。

「求求你了！我現在馬上就離開，不再過度干涉孩子在學校的情況！」

高八度音這才吩咐看守藤蔓鬆開。

看守藤蔓收到指示後，如拉開的捲尺迅速縮了回去，一眨眼，藤蔓已回到原本攀附的門邊，美美的裝飾着入口處。

同學們嘖嘖稱奇，低聲說：「想不到看守藤蔓有這麼強的魔力！」

「聽說是被餵食了魔藥水的藤蔓！魔藥水可讓生物具有魔力，分為靈性魔藥水和對話魔藥水兩種，前者一般用於餵食植物，後者用於餵食動物。」

「好可怕！我可不想被它纏住！」

當同學們紛紛議論時，那魔子趕緊夾着尾巴離開了。

「幸好我們有通行證，要躲避看守藤蔓的糾纏好像不太可能。」沫沫**若有所思**地說。

「沫沫你可別犯下禁足的規矩哦！有範本讓你看了，違規會被看守藤蔓纏住，太可怕了！」

羅賓擔憂地叮囑道，牠知道沫沫並不是那種會**循規蹈矩**的魔女。

沫沫沒有應答，她現在全副心思都在想着一件事：「如何才能躲避看守藤蔓的糾纏？」

沫沫來到禮堂入口，她照着前面同學的做法，對着藤蔓花出示手背上的螢光圖章，順利地進到裏面。

禮堂是座中空挑高的大木屋，屋頂離地面足足有普通樓房的四倍高。上方垂掛着漂亮柔和的水晶燈，映照得廳堂**華麗莊嚴**。

羅賓發現水二班的指示牌，興奮地叫了起來：

「沫沫你的班就在前面！」

沫沫趕緊再示意羅賓小聲點，羅賓不好意思地用翅膀遮住了喙。沫沫隨着牠的視線望去，看見了子研和仕哲。

這時米勒站起來朝沫沫招手道：「沫沫！來這裏。」

沫沫走到米勒特意為她留下的位子坐下。

「謝謝你幫我留位。」

「不客氣，有什麼不懂的可以問我。不過我學

習不太好，可能沒有辦法幫到你呢！」米勒紅着臉說。

「**每個人都有自己的長處**，這是農叔時常說的，不用在意自己不好的地方，只要能找到自己想做的事，專注在上面就很好了。」沫沫以一副長者的口吻對米勒說。

「誰是農叔？」米勒問。

「他是我爸爸。」

「哦，那倒很**新奇**，一般都不會這樣叫吧？」

「一般都叫什麼？」

「當然是爸爸啊！」

米勒覺得沫沫這插班生真的很奇怪，似乎對魔侍世界的常識一點也不懂。

「沫沫，你真像宅女。」

「宅女？」沫沫眼角提了提，她記起前陣子為了解決人類問題時翻閱的一本書，裏頭正好提到這名詞。

「你不會不知道吧？宅女是人類世界對**足不**

出戶，喜歡待在家的女子的稱呼。男的就是宅男。」米勒解說道。

「你怎麼知道這麼多人類的事？你也——」沫沫頓了頓，壓低聲量，「常去人類世界？」

米勒笑瞇瞇地說：「你不知道，魔法修行學校有一門課是專門教導人類世界的所有事物。」

沫沫眼珠睜得老大，道：「我以為來這裏只是學習魔法。」

「你居然連這個都不知道？」這回輪到米勒瞪大眼睛，他**如數家珍**地說：「尼克斯魔法修行學校可不只是教導魔法課而已，還有魔侍史、魔法使用規範、人類學、藝術鑒賞……」

「噓！你們可不要連累水二被罰。」

坐在前排的子研轉過頭警告他們。米勒趕緊噤聲，並做了個封住嘴巴的動作。

沫沫心中有一堆疑問，不過她可不想剛來學校就惹出事來。她靜靜地觀察周遭的同學，大夥兒的表情看上去既期待又喜悅，也有的顯得局促不安。

不一會兒，一位魔女站上講台，沫沫認出她是科校長。

科校長清了清喉嚨，以那沉穩而磁性的嗓音說：「**歡迎來到尼克斯魔法修行學校！**」

禮堂內頓時響起一陣熱烈的掌聲。

「這裏有你們一直期待的魔法學習課程，以及魔侍世界所要掌握的知識，大家可以在這裏享受校園生活，還可以慢慢尋找你們將來想要做的事和職業。尼克斯魔法修行學校非常注重學生的**志向**，會引導大家找到自己的志趣和未來的方向。不論你的魔法力強或弱，總會找到我們能做，而且必須是我們才能做得好的事……」

沫沫對科校長演講的內容很感興趣，她雖然才十歲，卻已經時常在想以後要做什麼事了，可有些同學好像並不是如此。沫沫發現許多同學不太注意聽講，有些看自己帶來的書，有些打起了瞌睡，有的甚至聊起天來。

稍後，科校長開始介紹學校的背景及結構，

比如這所學校創立了999年，提倡**有教無類**、謙和忍讓。

科校長也説明了學校師生總數和新生數量，並簡單介紹學校周邊的幾座大樓，其中也特別提到了佔地最大的魔法修行助使訓練所。

「我們尼克斯魔法修行學校內的訓練所是魔侍世界中**數一數二**的，如今修行助使短缺，我知道有些魔侍找不到很好的修行助使，有的甚至沒有修行助使。因此，今年將會有個別開生面的修行助使訓練賽，凡是順利訓練某種生物成為優秀修行助使的魔侍，將破格升為初級魔物師。」

一時間，大夥兒鬧哄哄地討論起來，有些很期待看到比賽，有些**興致勃勃**想要參與，也有些顯得毫無興致。

米勒對於魔物師十分憧憬，他對沫沫説：「我到現在還沒有修行助使呢！」

沫沫感到不可思議，問道：「修行助使那麼難找到嗎？」

「應該說，沒有銀幣*就沒辦法找到適合的修行助使。有些魔侍適合的修行助使可能很貴，他們買不起，買了個不適合的修行助使，結果不但對他們的魔法修行沒幫助，還因為照顧修行助使而耽誤了課業。」

沫沫**不能置信**地問：「大多數魔侍還是買得起修行助使，對吧？」

「不，正好相反。你不知道，一大堆魔侍是沒有修行助使的。比例大概有百分之七十，也就是說，只有百分之三十的魔侍擁有修行助使。」米勒說。

沫沫又經歷一次腦力震盪，她從來不知道有魔侍是沒有修行助使的，更不懂買不起修行助使的魔侍居然那麼多。

「那可真糟糕。我不能想像沒有修行助使該怎麼好好學習魔法。」

*銀幣：魔侍世界的通用貨幣，由鉑金鑄成，因其銀白色外觀而被稱為銀幣。

羅賓聽到沫沫這麼說，頓時覺得**飄飄然**，引以為豪地想：「對沫沫來說我是不可或缺的修行助使！呵，不枉費我花那麼多心思引導她啊！」

科校長這時大聲報告：「所有同學都可以參加，有興趣的同學記得在這星期以內，到活動處報名。」

科校長演說完，順道介紹了各科目的任教老師，沫沫對於即將要學習的科目都感到很新奇，這些都是農叔在濕地家園不曾教過她的事物。

沫沫發現咕嚕咚是其中一位魔法力理論課老師。魔法力理論課將由幾位老師輪流授課。

「想不到咕嚕咚竟然是這學校的老師，要好好跟他學習魔法力了！」

想到可以學習各種沒學過的魔法力，沫沫此刻**血脈賁張**，身體的每個細胞都活躍起來了！

科校長下台後，禮堂後台播放了一曲尼克斯魔法修行學校的校歌。沫沫坐在椅子上認真聆聽。校歌悠美而慵懶，有如慢板法國香頌，隨着禮堂空曠

的室內回音效果，聽得沫沫昏昏欲睡。幸好曲子不長，沫沫才想打瞌睡，曲子就播完了。

這時尖銳的聲音再次響起，沫沫馬上振奮起精神。

「同學們，開學禮即將完畢，現在，又到了大家最期待、最開心的時刻！」

沫沫疑惑地望向米勒，米勒不等沫沫詢問，就小聲地提醒沫沫：「記得哦，千萬不要舉手。」

高八度音走到講台上，沫沫這時才看清她的樣子。她留着褐色及肩鬖髮，身穿合身碎花套裝長裙，走路仰高着頭，姿態優雅而自信，一副很有教養的大家閨秀模樣。

「高八度音的樣子和聲音也太不匹配了，你說是不是，沫沫？」羅賓在沫沫肩頭上悄聲説道。

沫沫心有戚戚地點點頭。

「啊！先做個簡單的介紹，很多同學還不認識我吧？我是尼克斯魔法修行學校的活動處老師——施密特·凱特琳，大家可以喚我施密特小姐或者凱

特琳小姐。不過萬一有可愛的新生不小心喚我做施密特女士或凱特琳太太——我當然不會怪他。記住了吧？我是施密特・凱特琳小姐。」

沫沫覺得高八度音的說明好混亂，到底該叫她施密特小姐還是凱特琳小姐？又或者施密特・凱特琳小姐呢？

「所謂活動處老師，就是任何關於學校舉辦的活動都可以來找我，當然在學校有任何不明白的事也可以來找我，課業上不懂的也行，我一定會盡力協助你們……」

沫沫更不明所以了，聽起來好像什麼事都可以去找她。

說了一長串的自我介紹，高八度音笑瞇瞇地停頓一下，宣布道：「好了，進入正題！跟往年一樣，我們會在開學禮這天讓新生展現自己的魔法力。」

她對著麥克風，繼續以尖銳的高音說：「魔侍在十歲前不能入讀魔法學校，只能報讀普通學校，

學習語言及科學等一般知識。不過，有部分魔侍在十歲前就通過父母或其他管道學會一些基本的魔法力。」

她眼神有點**挑釁**地審視一遍台下，對眾人說：「今天就是讓新生展現你們魔法力的最佳時刻！來吧！哪位新生願意上來展示一下？」

大家把視線瞄向禮堂左側，因為一年級新生獲安排坐在那兒。

「怎麼樣？水一、風一、土一、火一，有沒有新生上來？」高八度音盯着新生區，問道。

新生們你看我我看你，沒有人**自動請纓**。

這時，沫沫背後傳來某個聲音：「看來今年的新生都沒有學過魔法力啊！真遜！」

沫沫最不喜歡有人把別人看低。只是展示一下魔法力，沫沫覺得她絕對可以**勝任**，但她記得米勒告誡她不要自動舉手，於是她忍住了。

「沒有人願意上來嗎？那我就點名囉！」

高八度音看向水一班，水一班的同學個個都低

下頭來。高八度音望向風一，風一班同學又趕緊低下頭來。大家似乎都很害怕被點名上去展示魔法力。畢竟在這樣盛大的場合，展現得好頂多贏得一些掌聲，展現得差可得被大夥兒嘲笑好幾年甚至一輩子了。

　　見大夥兒都不想上來，高八度音打開簽到簿，點了個名字：「亞利提——」

　　高八度音重複了一次：「水一班的亞利提在哪裏？快站起來！」

　　水一班的某個女孩**彆扭地站了起來**。

第八章

魔法力展示

「亞利提，我記得你是松族小花的女兒。小花可是我非常敬佩的學長呢，來吧！」高八度音説道。

禮堂內一時間半點兒聲音都聽不見，**空氣彷彿凝結了**。

亞利提身子顫抖着，以那微小得不能再小的聲音説：「我……不會。」

「怎麼可能不會？你應該是害羞對不對？松族的定身力可一直是魔侍中的**翹楚**，其他仁族、費族都沒辦法做得這麼好呢！來吧！就讓我們看看你的定身力。」

「不，我父母沒有教我如何施展定身力……」

「老師讓你展示一下都不敢嗎？請這位同學快出來。」這時坐在台前的一位老師**聲色俱厲**地説道。

亞利提的身子顫得更厲害了，沫沫幾乎可以聽見椅子也跟着顫動的聲音。

「別害羞！可以展現我們的魔法力是一件非常**光榮**的事，我們每位魔侍都必須對自己充滿信心，要活出自信、美麗的人生！不吝於展現自我！」

說着高八度音還特地轉了一圈，展示她那身飄起來時有如一個巨大半球的華麗大裙子。看來高八度音對自己非常有自信呢！

「我真的沒有學過定身力……」亞利提把頭壓得更低了。

這時有個聲音在禮堂響起。

「我！」

大夥兒望向發出聲音的地方。是沫沫！

沫沫接着說：**「我願意上去！」**

高八度音兩眼笑成一條縫，說：「非常好！請這位同學上來吧！」

大家都看向沫沫，沫沫不得不趕緊站起來，她將羅賓交給米勒，走向講台。

經過志沁身邊時，沫沫聽見他說：「嘿，好好表現啊！別讓大家看扁你這個走後門進來的魔女！」

沫沫瞄了他一眼，說：「謝謝忠告。」

沫沫大踏步走向講台。

子研盤起雙手，說：「她是想表現自己魔法力很高嗎？」

「不會吧？我覺得她不是想炫耀，不然也不會說換班到一年級。」

子研瞟了仕哲一眼，道：「你好像很了解她啊！」

「怎麼可能？我只見過她兩次。」仕哲**聳聳肩**，對子研的話不以為意。

子研也覺得仕哲不可能偏幫沫沫，只是她不知為何自己總是對沫沫懷有一絲敵意。難道真的是因為妒忌？

子研回想起之前跟蹤沫沫時仕哲說的話：「你該不會是妒忌她可以跳級讀二年級吧？」

子研連忙甩甩頭。

「不可能！」想到一向備受同學**推崇**的她居然會妒忌別人，子研心裏非常不舒服，她告訴自己：「我才不是妒忌她！她學到很多魔法力，是因為她的父親是嚴農，沒什麼好妒忌的。」

子研將視線拉回講台，這時沫沫已經走到講台，她拿起麥克風，報出姓名：「我是嚴沫沫。」

「好，我看看……」高八度音翻看新生名單，「噢，你是水二班的插班生嚴沫沫。」

高八度音合上簿子，看着沫沫說：「你會什麼魔法力？」

「速度力、飛行力、對換力、隱身力、質變力。」沫沫說出幾個常用的魔法力。

高八度音顯得很驚訝，但隨即**兩手舉高拍掌**，讚許道：「太好了！讓我們來看看，有誰願意當這位新生的助手？」

幾位高年級的魔侍舉手表示願意配合。

「看吧！我都讓你不要舉手了……」米勒心中

暗叫不妙，「這些學長姐可不會讓你好好展示的啊！他們最不喜歡強出頭的新生……」

高八度音選了風四班的魔子康拉德和魔女吳萱上台。他們兩位都是優秀的貴族學長，在學校有一定的影響力，許多魔侍都對他們畢恭畢敬。

康拉德和吳萱走去講台，同學中有的微微歎息，有的搖了搖頭，有的露出一副準備看好戲的模樣。

兩人上台後，使用了飛行力躍上講台上方的閣樓，將蓋着的布條拉開來。

一隻小小的蜂鳥站在綠色觀賞植物的枝椏上，旁邊有個木製鳥籠。

「好，現在請這位新生將這隻漂亮可愛的蜂鳥趕進鳥籠中。記住，不能讓蜂鳥受到一丁點兒傷害，掉下一根羽毛也不行。」

「每年都會有這樣的新生展現機會嗎？」羅賓問米勒。

「嗯，雖然說是展現，其實是測試新生的能

82

耐，讓學校老師了解新生的能力到哪裏。」米勒接着說：「不過有些高年級的魔侍不喜歡主動展現實力的新生，他們啊，會想方設法讓新生出醜，要不然就讓新生無法施展魔法力。」

羅賓嘖嘖兩聲，對米勒說：「沫沫一定不會讓他們得逞。」

「你不知道，那兩人是費族中的精英，已經連續三年當選尼克斯學生會主席和副主席，大家都怕得罪他們呢！」

「我們家沫沫才不怕，而且沫沫一定有辦法施展出魔法力！」

羅賓平時雖然一直擔憂這個那個，什麼都要沫沫忍讓，但遇到對沫沫不懷好意的魔侍，反而力挺沫沫，牠絕對不能忍受沫沫被人欺壓！

「你不知道，就算成功施展了魔法力，也會——」

這時台上響起了輕快的音樂，米勒不再多說，專注地盯着講台上的動靜。

沫沫站在講台中央，她抬頭望向距離她兩米多高的閣樓，集中心神擺出手印，口裏唸道：「提希而，騰空！」

　　語音剛落，沫沫已飛騰於半空，向閣樓飛躍而去，此時站在枝椏上的蜂鳥受到吳萱的干擾，往前方飛去，躲避沫沫的追趕。

　　蜂鳥飛行速度非常快，沫沫剛飛到閣樓，牠已飛到講台左上方，但那兒有康拉德擋着，蜂鳥於是**急轉彎**，向禮堂衝過來！

　　同學們譁然大叫，小小的蜂鳥幾乎以光速飛動，大夥兒只看到一個綠色影子飛過。

　　「糟了，再不阻止牠，蜂鳥就從大門飛出禮堂了！」米勒忍不住嚷道。

　　羅賓想去阻止，說時遲那時快，沫沫使用了速度力衝過中間走道，但仍差了一個馬鼻，就在緊急時刻，沫沫除下袍子拋過去，及時擋住飛出大門的蜂鳥！

　　蜂鳥急速折返回來了！

同學們**驚豔不已**，紛紛鼓起掌來。

仕哲早就見識過沫沫的實力，但此刻也不禁為沫沫的機智和行動力喝彩。「哈哈！子研你看到嗎？真精彩！」

子研蠕動一下嘴唇，本來想吐槽沫沫，但想想還是忍下來，免得顯得自己小氣。

沫沫雖然成功阻擋蜂鳥飛出禮堂，但並沒有完成高八度音交代的任務。她必須想辦法將這隻行動快得不見影子的蜂鳥趕進鳥籠內。

沫沫看着禮堂上空飛竄的蜂鳥，尋思了下。

也就**耽擱**那麼幾秒，沫沫再次施行飛行力，追向蜂鳥。

閣樓上的吳萱向康拉德使了個眼色，康拉德扯了扯嘴唇，道：「放心吧！早就準備好了。」

趁着大夥兒的視線集中在沫沫和蜂鳥身上時，康拉德悄悄將某個東西放進籠子內……

這會兒，沫沫因為追趕蜂鳥追得渾身冒汗，顯得有點狼狽。儘管沫沫的飛行力不錯，但畢竟蜂鳥

不是朝直線飛行，東竄西鑽
的，這讓沫沫的飛行力毫無
用武之地，只有在背後追趕
的份兒。

　　沫沫停下來喘口氣，心
裏不禁想：「如果現在有搬
運緞帶，我立即就能把這小
蜂鳥移去鳥籠裏了。」隨即
她又告誡自己：「不，搬運
緞帶已用完，何況現在是要

展示魔法力，應該不能使用魔法緞帶。」

沫沫瞄向禮堂閣樓上的鳥籠，冷酷的眼眸閃過一絲光芒，「只能這樣了！」

沫沫擺出魔法手印，接連唸出兩道咒語：「提希而，騰空！拉浮雷雅，隱身！」

轉眼間，飛翔中的沫沫在**眾目睽睽**下消失了蹤影！

「哇，她同時使用兩種魔法力！」

「她使用了飛行力和隱身力！」

「啊！她又現形了！」

「看！她在那裏！」

由於沫沫剛才追蜂鳥時用了太多力氣，使得她的隱身力**斷斷續續**的。

「她在蜂鳥前面！」

「她又不見了！」

說時遲那時快，沫沫隱去身影的時刻，蜂鳥似乎被抓住了，定在半空，然後向講台方向移動，乖乖地進去鳥籠內。

蜂鳥進去後沫沫才再次顯身，緩緩降落於台上。

此時，禮堂內傳來響雷的歡呼。

「太棒了！」

「也太精彩！」

「想不到她真的抓住蜂鳥，還把蜂鳥放進籠子裏！」

「看起來好像蜂鳥自己進去的，簡直像在看魔術表演！」

眾人驚豔不斷地述說着剛剛看到的精彩表演，突然，有道尖叫聲劃過，大家瞬間屏住了呼吸！

鳥籠內不知何時有隻大貓兒！那貓*虎視眈眈*地凝視蜂鳥……

「完蛋了，蜂鳥就要成為貓兒的食物！」

「那貓咪應該不會真的要吃鳥吧？」

當大家猜測擔憂時，貓撲向了蜂鳥！

「噢！」

「天啊！」

「可憐的小鳥……」

「貓也太可惡了！」

「不，那麼美麗的蜂鳥！」

大家紛紛發出**哀婉的驚歎聲**，不忍直視。

下一秒，禮堂上方傳來吱吱叫的聲音，眾人抬頭看去——蜂鳥正自由自在地飛翔着呢！

「蜂鳥沒事！」

「貓咪不是撲過去了嗎？」

「這是同一隻蜂鳥？」

大家還在**揣測**不已的時候，高八度音使出控制力，對着蜂鳥唸道：「耶勒勾斯，動！」

禮堂上方飛翔的蜂鳥立刻降下來，落在高八度音手中，高八度音看起來非常興奮，她飆高音喝采道：「完成任務！我們看到，蜂鳥進入了籠子！但這位新生不僅完成了任務，還在蜂鳥遭遇危險時，讓蜂鳥衝破鳥籠，成功避開貓咪的攻擊，飛出了籠子！」

大夥兒這才拍掌，禮堂內響起的如雷掌聲差點兒淹沒了「施密特小姐」的刺耳高音。

終於等到大家停下來，高八度音問沫沫：「請問你是怎麼辦到的呢？」

「我使用質變力，將木製鳥籠變成了輕薄的棉紙。」沫沫答道。

「噢，所以蜂鳥輕易地突破紙張，逃了出來！非常聰明的做法。」高八度音**頻頻頷首**，對沫沫讚賞不已。

沫沫的說辭，再次令禮堂充斥**如雷掌聲**。

高八度音不得已地大聲叫停，「好了，開學禮完滿結束！請大家按照級長的指示，走出禮堂，回到你們各自的宿舍。課表稍後也會由級長派給大家。你們就好好休息一天，明天正式上課，記得備齊所有課本和配件……」

沫沫步出禮堂，急匆匆往行政大樓走去，沒有理會一路沸沸揚揚的話語及追隨的目光。她可沒有忘記科靜校長的吩咐呢！

羅賓雖然對沫沫很讚賞，但也擔心大家對她的好奇心會對沫沫的學習造成影響。

　　「沫沫，我覺得你今後處事還是低調一點比較好，現在大家都對你充滿了好奇，我怕引起不必要的麻煩。」

　　「我只是做應該做的事。」沫沫並不覺得這麼做有什麼不好，「如果因此而**招來麻煩**，想辦法去解決就好了，不是嗎？」

　　羅賓知道很難左右沫沫的想法，於是說：「那你以後決定要做什麼的時候，一定要帶上我。」

　　沫沫笑了。她的修行助使雖然囉嗦了點，但確實是最關心愛護她的好伙伴。

　　「等一下你見到科校長可要記得稱呼人家，好好說明你的要求，如果真的讓你調回一年級，你必須趕快去教務處申請新的名牌……」

　　沫沫呵口氣，加快腳步。這羅賓啊，就是太長氣太囉嗦了！

第九章

魔覺力

科校長的辦公室在行政大樓底層尾端，辦公室面積相當大，除了有一個會客室，還有個茶水間和收藏廳。

沫沫一進辦公室，科校長就遞給她一份證書。

「一階魔法力合格證？」沫沫讀出上面的字時，驚訝得睜大了雙眼。

「是。剛才你在開學禮的魔法力展示我都看見了。雖然你的魔法力可達到第二階，哦不，或許三階也說不定，不過，還是**按部就班**，照你現在就讀的班級頒給你一階魔法力合格證。」科校長說著，對沫沫露出讚許的笑容。

「那我——」沫沫將原本要換回一年級的要求吞了回去，「沒什麼了，謝謝你，科校長！」

「讓我看看你。」科校長這麼說時，朝沫沫打

量一番，那慈愛而熱情的視線讓沫沫不禁**微微臉紅**。

「果真是森平的孩子。」

沫沫聽到科校長說出「森平」這名字，嚇得後退了幾步。

「你，你知道？」沫沫忐忑地問，接着立即往四處查看，擔心**隔牆有耳**。

科校長收起了笑容，正色道：「這世上，大概沒有一位魔侍比我更了解你的親生父母及養父。」

沫沫感到好奇，但她一向謹慎，她試探地問：「你認識——森平？」

沫沫好不容易吐出這兩個字。她從來沒有在其他魔侍面前提過她生父的名字，唯一一次提到，是農叔跟她說起她的身世的時候。

科校長露出慈祥的笑容，說：「嚴農還有竹君，也就是你的母親，曾是我的學生。森平是我擔任麒麟閣士長時的後輩。」

不等沫沫回應，科校長繼續說：「我也許不是

最好的老師，但學生需要我的時候，我一定**義不容辭**地維護他們。你父母的事我都知道，嚴農領養你，也是與你的緣分。」

沫沫聽着科校長的說辭，感到既陌生又熟悉，好像她是很早以前就認識的長輩。

「聽着，沫沫。*你身上有一股特殊的力量——魔覺力。*這在魔侍世界是難得一見的力量，據我所知，幾千年前出現過一位，之後過了許多年都未曾聽說。近年來，擁有魔覺力的魔女再次出現。一位是你，另一位就是——」

科校長指了指自己。

沫沫驚訝得張大了嘴，道：「你跟我一樣有魔覺力？」

科校長點點頭。

「我有魔覺力？農叔從來沒有跟我說過。」沫沫說。

「我們生來就擔負了一些責任。你母親沒有跟你提過嗎？」

「母親？」沬沬從未在其他魔侍面前談論過母親，甚至嚴農也從不跟她提母親的事。她感到有點不自在，好像在説着**不該觸及的禁忌話題**。

「呃，我——只見過她兩次，她也沒有跟我説過。」

「不，你再想想。」

沬沬揑緊了手指，認真地回想第一次見到母親的情景。

那是沬沬七歲的時候。嚴農帶着沬沬到市集去購買一些魔法用品，走到店門外，他們湊巧地遇見了幾位顧客，其中一位正好是她母親。

母親瞥到沬沬的第一眼時顯得有點驚訝，但隨即態度自然地過來和他們説話。

「好久不見，你們都好嗎？」

嚴農顯得有點緊張，清了幾次喉嚨，道：「還不錯。」

「我想請沬沬幫我選一些東西，家裏的小朋友需要用的，沬沬的意見對我很有幫助。可以嗎？」

「呃——好。」嚴農深吸口氣，終於**回復正常**的樣子。

沫沫就這般由母親帶着去選購魔法用品。沫沫看到店裏新奇的魔法玩意，並不像其他小魔侍一樣顯得興奮，什麼都拿來玩一玩。她只是靜靜地觀察着，看到有興趣的，才走過去看那物品的使用說明。

「你還真是個文靜的孩子！」

說着母親拉着沫沫在店裏到處看，問她小朋友會喜歡什麼道具，沫沫幫着給了些意見。然後母親將沫沫喜歡的都買了兩份，一份給家裏的孩子，另一份給沫沫，說是感謝她提供的寶貴意見。

沫沫想推辭時，母親說了些話，突然將她擁入懷裏。沫沫**受寵若驚**，但怎麼都推不開這熱情的魔女。

母親終於放開她，對她說：「再見了，幫我跟你農叔說謝謝。」

後來嚴農才告訴沫沫，她就是沫沫的母親。沫

沫就這樣**糊里糊塗**地跟着「不認識的母親」逛了一次商店。

沫沫看向科校長，晃晃頭道：「我真的記不起來。」

科校長笑了笑，說：「沒關係。現在知道了也不遲。」

沫沫有點兒不自在，她問：「魔覺力到底是什麼？我們擔負了什麼責任？還有，為什麼你和我擁有魔覺力？其他魔侍為什麼沒有？」

面對沫沫一連串的提問，科校長推了推金絲鏡框，道：「上天給予我們力量，我們只能接受。我也沒辦法告訴你為何其他魔侍沒有這力量。」

沫沫一臉困惑。

「至於魔覺力是什麼，遲一點你會知道。擁有強大的力量有時候是危險的，所以我們必須藏匿這種力量，不能讓其他魔侍知道。」

「會有什麼危險？」

「現在你只需要好好修行，以後你會知道的。來，跟我去看看。」

「看什麼？」羅賓忍不住插嘴。

「難道你以為上魔法學校就不需要提煉魔法緞帶了嗎？你農叔可沒辦法提供多餘的魔法緞帶給你。最近魔法緞帶的訂單多不勝數，他都忙不過來了！」

沫沫和羅賓驚訝地互看一眼，隨即趕緊跟上科校長。

第十章
萬老師與古董時鐘

開學禮結束後，剛才還掌聲鼓譟的禮堂恢復了**靜謐**。

空蕩蕩的禮堂傳來腳步聲，那是從講台走下來的兩位魔侍——康拉德及吳萱。

他們正準備離開禮堂時，被某個魔侍叫住了。

「慢着！」

康拉德和吳萱看向叫住他們的魔侍，那是教導他們魔侍史的阿比老師。他穿着古舊而過於寬大的西裝外套，一副從古董店走出來的**老學究**模樣，問道：「鳥籠裏的貓，是你們放進去的吧？」

吳萱看了康拉德一眼，回道：「是。」

「你們故意**刁難**新生，難道不怕被紀律處分嗎？」阿比老師擔憂地說。

吳萱有點慌亂地說：「我們不是故意的，

是……」

「是什麼？」

康拉德搶在吳萱之前說：「是萬聖力老師吩咐我們做的。」

「萬老師？」阿比老師露出不可置信的表情，「他怎麼可能讓你們做違規的事？他可是紀律主任。」

阿比老師歎口氣，道：「呵，雖然我不願意這麼說你們，但是你們在說謊！」

「不，我們沒有說謊！」吳萱辯解道。

阿比老師搖搖頭，說：「你們這樣做是不對的，知道嗎？所謂『*知錯能改，善莫大焉*』，為自己的行為負責，這才是身為一名魔侍應該做的事。我們是這世界優秀的魔侍，對待新來的後輩，我們應該做的，是引導他們努力學習魔法，而不是讓他們出醜……」

阿比老師**苦口婆心**地勸道。為了讓他們倆改過，他堅持將這件事呈上去教務處讓校方決定他們

的處分。

「的確是我吩咐他們做的。」一道聲音從他們身後傳來。

阿比老師回過頭，一位穿着暖色高領毛衣，外頭罩着長款外套，看起來**精明幹練**的魔侍走向他們。

阿比老師詢問道：「萬老師，你怎麼會讓他們做這樣離譜的事？」

萬老師停下來，拉了拉外套，一副沒什麼大不了的姿態，說：「難道你不知道那名插班生是嚴農的孩子？這點難度應該難不倒她。」

「就算是嚴農的孩子，也不能擔保她能完成測試。」

「近幾年畢業的魔侍魔法力越來越差，難道你不想讓同學們更努力、更熱衷學習魔法力嗎？」

阿比老師**恍然大悟**。

「噢！原來你是為了激勵同學們對魔法力的學習熱誠。是我誤會你了，對不起！」

「沒關係。我並不在意。」

「可是你應該早點説，害我也嚇出一身冷汗！」阿比老師心有餘悸地從懷裏抽出手帕擦拭額頭。

「提早説還有什麼意思？就是在大家都不知道的情況下才刺激啊！這學校太死氣沉沉了！」

萬老師直視阿比老師，有點咄咄逼人地説：「阿比老師，你不覺得你教導學生的方式太古板了嗎？」

「我……教育本來就應該這樣。」阿比老師又用手帕抹了抹汗，盡量鎮定地回應。

萬老師嘖了一聲：「你就是這點不行。我們魔侍啊，要懂得變通，知道自己做不好就修正一下嘛！難道你不曉得學生在背後都叫你『古董時鐘』嗎？」

康拉德和吳萱在一旁聽了不禁偷笑。康拉德更因為有萬老師撐腰，有恃無恐地説：「對啊！阿比老師你太古板了！要多學習萬老師採用新的方式

教學生嘛！」

「康拉德，禮貌一點。阿比老師還不需要你教他怎麼做。」萬老師說。

「噢，是，對不起，阿比老師，我沒有要冒犯你的意思。」康拉德趕緊道歉。

萬老師滿意地點點頭，姿態傲慢地大踏步離去。康拉德和吳萱也趕緊尾隨其後走出禮堂，留下一臉錯愕的阿比老師。

第十一章

特殊的鑰匙

沫沫被帶到一個擺放各樣物品的房間。

「這是我的收藏廳，裏面都是我收藏多年的魔法道具和用品。以後有用得到它們的時候，可以來這裏取用。」科校長説。

沫沫好奇地看着櫥櫃內外各樣新奇的魔法物件。有各種不同形狀、大小的劍，其中兩支劍互相看不順眼，一會兒貼着鬥力氣，一會兒又升上半空錚錚鏘鏘撕打不停。

另外一邊擺放着看起來年代久遠的人臉銀幣，上頭的人臉露出各種表情，有的禮貌地對沫沫笑，有的扮鬼臉，還有個苦瓜臉表情的一看到沫沫，立即怪叫着讓沫沫滾開！沫沫嚇得往後退了好幾步，説：「好，好，我不靠近你。」

沫沫轉去觀看幾個奇特的建築場景模型，可在

沫沫欣賞着建築物精細的構造時，居然發現某個窗戶內有個**皺巴巴**的小東西晃過，但當她仔細俯身觀察時，那東西又不見了，她驚訝地問：「那裏面是不是有東西？」

科校長聳聳肩，反問道：「有嗎？我沒看見任何物件。」

沫沫皺皺眉，將視線移向其他物品，發現一個會吐出煙霧的美麗茶壺、一本有爪子的書本，爪子的主人似乎**蠢蠢欲動**想從書本內逃出來！

其他還有會跳舞的小勺子、一下變大一下變小的銀質手鏈、牙齒不斷打顫的動物骨骼樣本、會走路的動物木雕、自動點火的煤油燈、發出流水聲的風景畫、聽了會心情愉快的打鼓機器猴⋯⋯

沫沫看得**目不轉睛**時，櫃子上有個東西動了起來，嚇得沫沫後退兩步！

那是個半透明膠狀物體，它附着在玻璃鏡面上。沫沫慢慢走前去察看，誰知那物體竟以極快的速度飛向沫沫！

它「降落」到沫沫的手背，沫沫急忙用力地甩手，但怎麼都甩不掉。它就像個吸盤，緊緊地黏附在沫沫的皮膚上。

　　沫沫驚慌地叫道：「科校長，快幫我拿走它！」

　　科校長笑瞇瞇地說：「別怕，這是雅米巴蟲，它是鑰匙。」

　　「鑰——匙？」沫沫問着，頭往後伸，驚恐未定地想盡量遠離手背上的黏糊狀物體。

「是。雅米巴蟲是聰明的魔法鑰匙，會自己找到主人，並在主人按動開啟鍵之後，才會回到原來的地方。」

「我是它的主人？」

科校長頷首，說：「它是嚴農幫你選的鑰匙，連我都沒辦法開啟呢！**現在，請你開啟吧！**」

這時，雅米巴蟲的半透明身體突然伸出一個小觸手，科校長示意那就是開啟鍵。

沫沫雖然不知道會發生什麼事，但還是聽從科校長的話，按了那觸手一下。

雅米巴蟲立刻跳向最裏面的牆壁，融進牆內，瞬間不見了蹤影，緊接着，神奇的事發生了！只見那面牆的中央裂開了一條縫，毫無聲息地開啟約一尺寬度才停下來。

沫沫不可置信地過去察看，發現牆壁邊緣有個非常不起眼的雅米巴蟲圖樣。

「好隱秘的魔法鑰匙！」沫沫驚歎道。

「當然得隱秘，被人發現可不妙啊！」科校長

眨了下眼說。沫沫發現科校長那一閃而過的調皮眼神，不覺**莞爾**。原來外表嚴謹的科校長也有孩子氣的一面！

沫沫邁開腳步走進密室。

這兒跟她的煉藥小屋簡直一模一樣！但仔細觀察，會發現櫃子的木紋還很新，桌子也比在煉藥小屋的高了一點。

「你農叔為了不讓你太空閒，要我準備一個地方給你煉藥。以後你放學後都可以來這裏。」

沫沫忍不住**翹起嘴角**，她萬萬想不到來魔法學校唸書還能繼續煉藥啊！

「當然我也不是完全無條件幫你準備。」科校長又說了一句。

「噢？」沫沫感到很驚奇，魔法力如此高強的科校長，會對她提出什麼條件呢？難道是要她免費提供魔法緞帶？

科校長直視沫沫眼睛，道：「你必須答應我，以後無論遇到什麼困難，都不能放棄學習魔法。」

這算是什麼要求？沫沫有許多疑惑和問題，但她沒有說出來。

　　「好，我答應你。」

　　「你不問我為什麼不能放棄學習魔法嗎？」科校長似乎有點意外。

　　「你要說的話自然會跟我說，不說的話我問你你也不會說。」沫沫答道。

　　科校長露出**難以置信**的表情，然後嘴角微微上揚，道：「沉穩。這是魔覺力覺醒的其中一個特質。」

　　沫沫感到滿頭霧水，今天真是充滿了各樣衝擊的一天。

　　「今天就先這樣，你也累了，去宿舍休息吧。維拉！」

　　科校長朝外面喊了個名字，一位**膚色白皙**得幾乎沒有血色的年輕魔女立即來到門口。

　　「帶沫沫去魔女宿舍。」科校長吩咐道。

　　沫沫跟着維拉走出去，經過會客室時，她瞄到

兩個熟悉的身影，**心頭一怔**，趕緊加快腳步。

「那兩個魔侍為什麼來找科校長？他們跟科校長有什麼關係？」

沫沫沒有時間多想，維拉已施展速度力前往宿舍。

尼克斯魔法修行學校允許學生在校園內施展魔法力，但僅僅限於速度力，其他魔法力一概不准使用，除非獲得老師的許可。

於是沫沫也趕緊擺出魔法手印，唸道：「德起稀達，速！」**嗖地一聲**，兩團影子快速向前移動，很快即不見蹤影。

科靜匆忙走到會客室，那兒坐着兩位魔侍。他們正是之前差點兒發現沫沫違規幫助人類的麒麟閣士──南德及葛司。

南德說：「閣士長還是這麼忙碌啊！」

科靜坐在他們對向的沙發，從容說道：「越忙

113

越有時間，你沒聽過嗎？不過，別再喚我閣士長，現任閣士長可會不高興的。」

「是，是。科校長！」南德説着，拍了下後腦勺哈哈大笑，一副**豪邁粗獷**的模樣。

在旁的葛司滿臉疑慮地望向沫沫離去的背影，問道：「科校長，剛剛跟你會面的女孩是——」

「噢，她是校友的孩子。」

「叫什麼名字？」

「怎麼？你不是沒興趣教孩子魔法嗎？」

「當然，我可沒有這耐性，純粹好奇科校長一開學就召見的魔侍有什麼特殊能耐。」葛司盯着科校長，一副**不到黃河心不死**的模樣。

「呵呵，只是個剛入學的魔侍，能有什麼特殊能耐？」

葛司還想追問，科靜轉換話題道：「你們這麼急着來找我，難道有突發事件？」

葛司**神色凝重**起來，説：「我們昨晚在桑林鎮巡邏時，發現了異樣。」

114

「什麼異樣？」

南德這時插嘴道：「我聽見了奇怪的聲音，像是某種古生物的叫聲。」

聽到「古生物」，科靜微微皺起眉頭，道：「你確定？」

南德摳了摳耳朵，說：「我沒什麼大本事，就是耳朵太靈敏。我也希望自己這回又聽錯，但我連續聽見兩次，不可能聽錯。」

「為慎重起見，我們今早去那兒附近打聽，結果證實有羊隻被襲擊，還有人類說他在羊圈旁看見一頭可怕的怪物。」葛司補充道。

「什麼樣的可怕怪物？」科靜屏氣凝神，盯着葛司。

葛司一字一句地吐出：「一種**狗頭豬身**的怪物。」

科靜瞳孔不禁放大，陷入了沉思。

第十二章

秘密通道

　　維拉領着沫沫來到女生宿舍前面，那兒已經有一位身形圓滾滾、皮膚黝黑的魔侍在候着。

　　沫沫聽維拉喚她「好夫人」，維拉向她介紹沫沫之後隨即離開。

　　好夫人看起來一點也不好，臉拉長着，嘴角下彎，造成兩邊臉頰向下突起兩團肉。一對細小的眼睛似乎覺得大夥兒都是**冥頑不靈**的問題學生，總是瞅着人看，拚命想挖出別人身上的缺點或錯漏。

　　像剛剛經過的幾位魔女，好夫人把她們叫住，從頭到腳對她們批評指點一番，比如不能在宿舍**高談闊論**，說話必須看着她的眼睛，並要她們打開隨身袋，讓她檢查是否有帶違禁品進宿舍。

　　訓話完畢她轉向沫沫。

　　「你就是沫沫？」沫沫點點頭。

「我是魔女宿舍的舍監好然，大家都叫我好夫人。這裏由我做主，任何魔侍都不可以有異議。就算科校長來到也必須聽我的。」

沬沬有點愕然。這舍監怎麼一副**高高在上**、唯我獨尊的模樣？

「跟我來。」

說着好夫人往大門右側走去，沬沬和羅賓趕緊跟了過去。

沬沬發現走廊左右的房間都標示了房號，比如102、104、106、108、101、103……

好夫人搖擺着臀部走到了走廊盡頭，道：「這是我的房間。」

沬沬看到房門寫着：100。

好夫人指着對面沒有編號的房門，說：「這是你的房間」。

沬沬忍不住提問：「為什麼這個房間沒有編號？」

「不許發問！」好夫人黑着臉說，遞給沬沬一

支鑰匙。

沫沫打開沒有編號的房間，走了進去。

「乖乖待在裏面，*別給我惹麻煩！*」好夫人說着，砰地一響用力拍上沫沫的房門。沫沫有種莫名其妙的感覺，但又説不出哪裏不對勁。

「沫沫，這個好夫人也太沒禮貌了，她以為舍監最大嗎？」羅賓拍拍翅膀，抖一抖身子，做出掃走晦氣的樣子。

沫沫**聳聳肩**，不想去在意好夫人的事。她要在乎的事可多了，除了學校的課業，還有煉藥、給農叔報備……最重要的，她要怎麼躲避看守藤蔓，去人類世界幫助阿秋？

「沫沫你也太好脾氣了，我可不能讓任何魔侍欺負我們家沫沫！」

沫沫笑了，説：「有你在，誰敢欺負我？噢，那是我的行李嗎？」

沫沫瞄到牀邊那兩個行李袋，趕忙衝了過去，一打開來，就看到一個**閃爍**不停的物體。那正是

118

嚴農送給沫沫的稀有魔法物——綠水石。

羅賓搖搖頭，說：「你農叔的催命訊號來了！還不快給他回個信？」

沫沫點開綠水石底座的綠色和藍色小按鈕，與嚴農進行視像通話：「農叔，我和羅賓已經抵達宿舍，一切安好。」

「為什麼不把綠水石帶在身上？怎麼那麼遲才到宿舍？」綠水石內的嚴農看起來**氣鼓鼓**的。

「昨天郵寄行李時我不小心把綠水石塞進去了！」

「以後一定要**無時無刻**將綠水石帶在身邊，知道嗎？」

「好，好！」

「就這樣？」

「還有什麼？啊，對了，那個雅米巴蟲，還有煉藥房，我很喜歡。」

「可要好好煉藥，煉多一點移行緞帶，隨時可以回來濕地家園。」

沫沫點點頭，想到以後不能時常回去濕地家園，心底還是有點酸酸的。

　　「不給我說說開學禮如何嗎？」綠水石中的小小嚴農說。

　　沫沫原本要跟農叔報備魔法力展示時發生的插曲，但一想到阿秋的事還未處理，抿抿嘴道：「沒什麼特別的，農叔你不是很忙嗎？我聽科校長說魔法商店的訂單非常多。」

　　「是啊！今年魔藥水訂單不知道為什麼那麼多，

魔法安全部還催我煉多一些遺忘緞帶，忙死了！」

　　「那你快去煉藥吧！我們明天再**聯繫**。哦，別忘了準時吃飯！」

　　說着沫沫將顯示影像和聲音的按鈕關掉，忙碌地收拾起行李。

　　沫沫行李不多，很快就收拾完畢。她拍拍手掌環顧四周，道：「這房間雖然不大，但我一個住，足夠了。」

　　「不，這房間真的太窄了！」

羅賓搖搖頭，看着四四方方，只放得下一張單人牀、一個書櫃和書桌的房間，道：「我想活動一下都很難啊！」

　　羅賓搧動着翅膀，在窄小的房間飛了起來，但才起飛就撞到垂掛下來的燈罩，痛得牠唧唧叫！

　　沫沫擔憂地過去查看，幸好羅賓沒什麼大礙，只是額頭起了個小小的「高樓」。

　　沫沫正想安慰牠，突然她腳下的地板微微震動起來！沫沫馬上跳開去，緊接着地板竟然開了個洞！

　　羅賓驚呼道：「這裏居然有個地洞！」

　　沫沫望向燈罩，發現燈罩上有個奇怪的倒三角形圖案，圖案內有個類似某個星座的標誌。

　　「我好像在哪裏見過這圖案……」

　　沫沫碰一下那奇怪的圖案，地洞馬上合起來！

　　「原來這符號是機關。」沫沫說着，再觸碰一下那符號，洞口又張開了。

　　他們朝着洞口張望，有一條樓梯通往下方。

　　沫沫順手拿起綠水石，小心翼翼地走下樓梯。

羅賓趕緊飛到沫沫肩膀上。

　　樓梯下漆黑一片，沫沫憑着綠水石的微光走下去。每走一步沫沫都很小心地注意前方的動靜，很快的，他們來到樓梯的盡頭，但眼前迎向他們的又是一條深不見底的通道。

　　「沫沫我們還是不要往前走了，這裏面不知道會有什麼呢！」羅賓擔憂地說。

　　「這通道就在我房裏下方，怎麼可能不看看有什麼？」

　　「那萬一有妖怪什麼的怎麼辦？」羅賓的「萬一」又出來了。

　　「有妖怪遲早會爬上來，那還不如我先去把它找出來，省得每天擔驚受怕。」

　　沫沫不理會羅賓，踏進那伸手不見五指的通道。羅賓的腳爪緊緊抓住沫沫的衣領，眼珠子光芒四射地幫着沫沫觀察四周動靜。沫沫走了大約十來分鐘，沒有路了，前方是一道石壁。

　　沫沫發現石壁右邊也有個奇怪的倒三角符號，

她伸手去觸摸，石壁立即向右邊推移開去。

光從石壁外照射進來，晃得沫沫兩隻眼都張不開來。

等了幾秒，沫沫看見外面那高大詭異的樹木，**驚呼**道：「是棕櫚樹林！我們出到外面來了！」

沫沫和羅賓走了出去，轉回頭，石壁已闔上，兩旁的灌木也自動覆蓋在石壁上。

羅賓嘖嘖稱奇道：「想不到從你宿舍房間居然可以通到學校外面！」

沫沫走向前，施展撥開隱蔽的魔法力：「形夾離稀，散開！」

濃密的灌木叢推移開去，石壁露出來了。沫沫按下石壁上的倒三角形符號，頓時石壁又打開來，露出一條通道！

「從這裏也能回到我房裏！那我以後不就可以避開看守藤蔓，來回人類世界與魔法修行學校？」沫沫說着，眼神滿是掩藏不住的喜悅。

「沫沫，你可別想着這些觸犯校規的事，要知

道你農叔讓你來學校，是讓你好好修習魔法，熟悉魔侍世界的規則──」

羅賓還未說完，綠水石突然發出「唧唧、唧唧」的警示聲。

沫沫趕緊看向綠水石中顯現的影像。

雞蛋形綠水石內，有幾個小小人類。

「是阿秋！她遇到麻煩了！」

沫沫趕緊使用遮蔽力把石壁隱藏好，並立即擺出魔法手印，唸道：「提希而，騰空！」

她很快地朝空中飛去，羅賓差點兒從她肩膀上摔落，狠狠地伸出腳爪抓住，好不容易才緊緊地抓牢了！

沫沫速度極快地飛到綠水石顯示的地方。當她趕到時，卻只看到一個在河道邊哆嗦的身影。

「你沒事吧？」沫沫問道。

那人轉過頭來，她正是阿秋。

滿臉都是髒水的阿秋擦去淚水，搖搖頭道：「沒事。我沒事。」

沫沫從綠水石看見兩位女同學欺負阿秋的顯影，阿秋驚訝地問：「這雞蛋——是3D攝影機？」

　　「放心，我會幫你。」沫沫說。

　　「你……怎麼幫我？」阿秋低下了頭，「我真的不想再去學校……」

「不行，你一定要去學校。」沫沫思緒急速快轉了下，道：「欺負你的人會向你道歉，你不去怎麼可以？」

「怎麼可能？」阿秋覺得沫沫在捉弄她，問道：「你到底是什麼人？」

「噢，還沒有自我介紹。我是魔女沫沫。」

「魔女？」阿秋驚愕極了，她腦海回蕩着小時候聽過的歌謠。

潘朵拉的盒子開啟了
在東方最隱秘的森林
魔女狂妄起舞
酷暑夏至來臨
眾星繞月之時
傲慢人類承受浩劫

「不⋯⋯不可能！魔女怎麼可能真實存在？」
阿秋驚恐地往後退去。

「是真的！沫沫是來幫助你的——」一旁的
羅賓加把嘴解說，還未說完，阿秋已嚇得**拔腿逃
離**！

沫沫感到有點失落，她只是想幫助人類，為何
人類總是那麼怕她？

「沫沫，你打算怎麼做？」羅賓問。

沫沫遲疑了一下，**眼神篤定**地說：「得先去
找咕嚕咚！」

沫沫說完，施展飛行力往天際飛去！

「為什麼要找咕嚕咚？這沫沫，老是這麼匆匆忙忙，什麼都不交代清楚……」羅賓邊說邊追向空中的小黑點。

萬籟俱寂的夜晚。魔女宿舍內，好夫人呼嚕呼嚕地睡得正熟。突然，她乍醒過來，**睡眼惺忪**地半張着眼，然後又睏倦地睡去。

過一會兒，她似乎被靨夢糾纏，皺緊了眉頭，嫌棄地晃晃頭，鼻孔呼哧呼哧地噴氣，然後拉起棉被蓋住了頭。

此時，沫沫正在沒有編號的宿舍房內練習某種奇特的魔法力，她專注地對着羅賓唸起咒語。

羅賓一副**慵懶昏睡**的模樣，但牠突然兩眼突出，似乎被什麼東西嚇着。接着牠繼續打瞌睡，但不一會兒再次被嚇得驚恐不已……

第十三章

輪到誰被欺負

清晨，剛露出魚肚白的天際點綴着少許閃爍的星星。

阿秋走過「鐵鏽大橋」，來到斜坡下方，她猶豫了下。

「昨天碰見魔女的事是我在做夢吧？嗯，肯定是夢。」

阿秋想着，往上爬去。

平民小學正門口，此時有輛車子停下，車內走出一位**乖巧甜美**的女學生，她是翠宜。翠宜朝車裏頭的母親招手道別。

車子駛走了，翠宜看着遠去的車子，瞬間露出厭煩的表情。一轉身，卻有個女孩擋住她的路。翠宜不客氣地對那女孩説：「讓開！」

這位擋路的女孩，正是沫沫。

沫沫擺着手勢，輕聲唸了句：「滴鎖死莫屍——垃圾！」

翠宜沒有理會沫沫，她走到門口，向保安員行個禮，**施施然**走進校園。

她沒有注意到保安員捏住鼻子往後退去的樣子，不過很快地，她發現身邊的人似乎都對她避之不及，大家看見她馬上躲得遠遠的。

「奇怪？今天是什麼日子？大家在跟我玩捉迷藏？」

翠宜不以為意地走上樓梯，某個走在她前面的男同學大叫一聲：「哦！好臭！」

接着三步併作兩步跑上樓。

「是不是有人拉屎還是踩到狗大便？」翠宜露出**幸災樂禍**的表情猜測道。

不久，翠宜來到課室。她終於意識到，大家躲避的正是她。

看到同學們對她嫌棄的模樣，她忍不住說：「你們是怎麼回事？今天是『整蠱』大賽嗎？」

「你太臭了！」有人叫道。

翠宜大驚失色，平常只有她嫌人家臭，從來沒有她被人嫌棄臭啊！

翠宜**不服氣**地嚷道：「我有阿秋臭？」

這時阿秋低着頭剛好走進來，想不到阿秋經過她身邊時，也被她身上的臭味震懾，揑住鼻子快快走過。

「喂！你給我站住！」

翠宜叫住阿秋，生氣地說：「不准你揑住鼻子！你身上每天都有鹹魚味，你才是最臭的！」

阿秋愣在那兒，揑住鼻子的手剛鬆開又趕緊揑回去。這時阿秋旁邊的男同學說了：「你的臭味才讓人受不了！」

「我身上有什麼氣味讓人受不了？你說！」翠宜**氣呼呼**地問。

「是你叫我說的，你，你啊，有一股超級臭的垃圾味！」男同學一邊憋氣一邊說。

「你亂說！我才沒有！」

翠宜氣憤地走到男同學身邊，男同學馬上彈開，「哇！你別過來！我要被臭死了！」

男同學邊說邊避得遠遠的，其他同學也跟男同學一樣避得老遠，就連平時跟她**形影不離**的好朋友婉芯也晃着頭要她別靠近。

翠宜走回位子，四周同學自動搬離桌椅。

翠宜雖然很不甘願，但也禁不住偷偷聞了聞自己的手臂，一股難聞的垃圾味衝入鼻翼，連她自己都受不了啊！

「想不到我也有被人嫌臭的一天……」翠宜雖然很氣，但最令她氣憤的，是她也覺得自己很臭。她不禁想，以前說阿秋臭時，阿秋是怎樣承受的呢？

這時有個同學扔了紙條過來，翠宜將紙條打開來，上面寫着：「滾出去！」

還有個同學拿出消毒劑，對着她周圍噴了幾下，然後捏着鼻子躲得老遠，說：「根本沒辦法除臭，我們要怎麼上課？」

翠宜無奈地忍受這一切，但她越想越氣，最後她實在受不了這樣的**侮辱**，衝出去課室！

翠宜在廁所拚命噴清香劑，可是任她怎麼噴，都無法消除身上的異味。她低下頭，**委屈得淚水在眼眶打轉**。

「現在你明白阿秋的感受了嗎？」

翠宜抬起頭，從鏡子看到她身後站着的，正是今早在校門口遇見的女孩。

她轉過身說：「不！阿秋是最臭的！」

翠宜還是不願相信自己是臭的，也不想承認明白阿秋的感受。

「唉，原本想告訴你怎麼除臭。既然你不想知道就算了！」

翠宜一聽，趕緊跑到沫沫跟前，訕訕地問：「你可以幫我除臭？」

沫沫點點頭，道：「可以，但你必須先向阿秋道歉。」

翠宜從來沒有向人低頭認錯，她高傲地哼一

聲：「我為什麼要道歉？」

　　沫沫見她如此**冥頑不靈**，就先離去。

　　沒過幾秒，翠宜急急地追了過來，說：「我向阿秋道歉，真的就可以除去臭味？一點兒都不臭了？」

　　「當然，不過要是你再嘲笑或欺負阿秋，神仙都打救不了你。」

　　「神仙？」翠宜睜大了雙眼，「難道你⋯⋯是神仙？」

　　沫沫牽動嘴角，**似笑非笑**地，沒有正面回答她。

　　翠宜如發現新大陸一樣，衝回課室！

　　她走到阿秋跟前，當着大夥兒的面大聲地道：「對不起！」

　　阿秋驚訝不已，想不到翠宜真的跟她道歉了！

　　「你家裏賣鹹魚乾貨，身上自然會有味道。我知道你根本不是沒洗澡，以前我對你說的那些話，都是故意為難你的。我也不是沒洗澡，可是不知道

為什麼身上這麼臭……我終於明白你的感受，我很生氣自己以前這樣對你……」

翠宜連珠炮地說了許多話，想到自己身上的臭味和今天遭受的屈辱，她忍不住流下**簌簌的淚水**。

阿秋見翠宜哭了，趕緊安慰她：「我不怪你。你別哭，回去洗個澡一定就不臭了。而且，說到臭，你肯定不比我阿秋臭啊！」

翠宜驚愕地看著阿秋，想不到阿秋不但不怪她，還反過來安慰她啊！她以前真的太對不起阿秋了，翠宜這回發自內心地說：「我是說真的，阿秋，我以後再也不會取笑你了！如果有人笑你，我第一個不饒他！」

沫沫在窗口邊**目睹**這一幕，悄悄唸道：「阿破屍迷滴叮，除臭！」

沫沫等著看除臭之後的反應，誰知同學們還是緊捏着鼻子。看來沫沫的除臭魔法力失靈了！

沫沫呵口氣，慎重地擺出魔法手印，**專心**

一致地半閉着眼，再次唸出咒語：「阿破屍迷滴叩，除臭！」

這回，翠宜身上的異味成功被消除了！同學們慢慢靠向翠宜，翠宜還開心地抱住受寵若驚的阿秋。

一切圓滿落幕，沫沫使用隱身力走出校園後，才顯現身影。

羅賓從她懷裏飛了出來，說：「剛才真的替你**捏一把冷汗**，要是你向咕嚕咚學習的魔法力不靈了，該怎麼辦啊？」

原來沫沫昨天趕着回去，就是找咕嚕咚，讓他教她使人發臭及除臭的魔法力呢！

沫沫此時也大呵一口氣，原來她剛才也很擔憂除臭魔法力不靈呢！

「幸好最後成功了，也**不枉費**我花了一個晚上練習。」

「一個晚上學會兩個魔法力，沫沫你很屬害了！雖然我昨晚差點被自己臭死！」

「對不起，羅賓，讓你受苦了。多虧你陪我練習！」

「哎，這本來就是修行助使的責任啊！是沫沫你自己學習能力強。」

「不，我還不夠好，不然就不會發生魔法力失靈的狀況。」

沫沫看了看天色，驚歎道：「糟了，今早有萬聖力老師的魔法使用規範課！」

「哎呀！沫沫你又忘了時間！聽說萬老師非常喜歡懲罰學生，所以學生都喚他惡神……」

不等羅賓説完，沫沫已**十萬火急**地施展魔法力，瞬間消失了蹤影。

第十四章

懲戒

尼克斯魔法修行學校教學樓內**肅穆**一片，偶爾能聽見老師們的講課聲，有些在說着魔侍世界的規矩，有些教導人類世界的架構，有的則在演示着魔法力的咒語。

沫沫匆匆施展了速度力，全力向教學樓衝去，狼狽地降落後，卻見到一位魔子低着頭走出大門。

「米勒？」

沫沫趕緊跑向他。

「怎麼了？發生什麼事？」

米勒抬頭見是沫沫，**一臉無奈**地說：「我忘記帶魔法使用規範課本，被惡神趕出門口罰站……」

沫沫睜大了眼，趕緊問米勒：「遲到會被處罰嗎？」

米勒搖搖頭，畏懼地說：「你不知道，我們從來不敢在惡神的課遲到。」

看到米勒害怕的模樣，沫沫不禁擔憂自己會受到什麼樣的處罰。

就在這時，樓道傳來噠噠噠的腳步聲。他們回頭看去，「惡神」萬聖力老師正姿態凜然地站在他們身後！

萬老師橫掃他們一眼，說：「房米勒同學，我讓你到門口罰站，不是和遲到不守紀律的同學聊天！」

萬老師看向沫沫，皺了皺眉頭，不耐煩地說：「呼！既然你們這麼喜歡窩在一塊兒，就去訓練所一邊洗刷一邊聊個夠吧！」

米勒一聽去訓練所洗刷，趕緊說：「不！萬老師，求求你，你要我寫多少遍魔法使用規則都可以，我不要清洗訓練所……」

米勒的求饒完全沒有效用，萬老師從口袋裏取出紙筆，迅速寫了幾個字，然後輕輕吹了聲口哨，

他懷裏立即竄出一隻小小的負鼠。

「訓練所。」萬聖力説完，將紙張放進負鼠的小口袋，負鼠立即帶着紙張飛走了。

他轉過頭對他們喝令：「我讓萬兒通知哈里斯太太了。你們兩個，馬上去訓練所！」

就這般，沫沫帶上羅賓，與米勒一同前往訓練所……

下期預告

沫沫成為魔法學校的學生
後，將會遇到什麼驚險事？
校長科靜談及的古生物又是
怎麼一回事？

　　沫沫和米勒第一天開學就被罰
清洗訓練所，卻遇到某個不受控制
的小動物，他們如何應對？

　　校長科靜與麒麟閣士葛司和南
德發現某個從古地窖逃脫到人類世
界的古生物，捕獵過程卻讓古生
物逃走了，他們必須重新部署！

　　與此同時，沫沫開始在魔法
學校上課了。原來咕嚕咚教導的魔
法力有意想不到的用處……

　　正當科靜與葛司、南德再次出
發抓捕古生物，沫沫發現有人類向
她求救，她必須借助仕哲、子研和
米勒的力量，一起去搭救人類……

魔女沫沫的另類修行 2

魔侍開學禮

作　　者：蘇飛

繪　　圖：Tamaki

責任編輯：黃穩茵

美術設計：李成宇

出　　版：新雅文化事業有限公司

　　　　　香港英皇道499號北角工業大廈18樓

　　　　　電話：(852) 2138 7998

　　　　　傳真：(852) 2597 4003

　　　　　網址：http://www.sunya.com.hk

　　　　　電郵：marketing@sunya.com.hk

發　　行：香港聯合書刊物流有限公司

　　　　　香港荃灣德士古道220-248號荃灣工業中心16樓

　　　　　電話：(852) 2150 2100

　　　　　傳真：(852) 2407 3062

　　　　　電郵：info@suplogistics.com.hk

印　　刷：中華商務彩色印刷有限公司

　　　　　香港新界大埔汀麗路36號

版　　次：二〇二一年十二月初版

ISBN: 978-962-08-7890-9

© 2021 Sun Ya Publications (HK) Ltd.

18/F, North Point Industrial Building, 499 King's Road, Hong Kong

Published in Hong Kong, China

Printed in China